CEREAL

TRAVEL & STYLE

主　　编　Rosa Park
创意总监　Rich Stapleton
文字编辑　Richard Aslan

中文版主编　王菲菲
策划编辑　郝兰　胡奕
责任编辑　郝兰
营销编辑　胡奕　李晓彤
新媒体编辑　李晓彤

cerealchina
谷物 CEREAL

译　　者　张晓敏
装帧设计　申亚申
封面摄影　Ben Cullen Williams

图书在版编目（CIP）数据

谷物 .5, 光的研究 / 英国 Cereal 编辑部编著; 张晓敏译 . -- 北京 : 中信出版社 , 2017.4（2024.1 重印）
书名原文：Cereal 12
ISBN 978-7-5086-5388-4

Ⅰ . ①谷… Ⅱ . ①英… ②张… Ⅲ . ①游记 - 作品集 - 英国 - 现代 Ⅳ . ① I561.65

中国版本图书馆 CIP 数据核字（2017）第 048537 号

谷物 . 5, 光的研究

编　　著：英国 Cereal 编辑部
译　　者：张晓敏
出版发行：中信出版集团股份有限公司
　　　　（北京市朝阳区东三环北路 27 号嘉铭中心　邮编　100020）
承 印 者：北京利丰雅高长城印刷有限公司

开　　本：889mm × 1194mm　1/16　　印　　张：10.5　　字　　数：130 千字
版　　次：2017 年 4 月第 1 版　　印　　次：2024 年 1 月第 13 次印刷
书　　号：ISBN 978-7-5086-5388-4
定　　价：68.00 元

序

尽管初次邂逅李禹焕画作的时间我已记不分明，但它带给我的震撼我仍清楚记得。好像被这幅画的能量所吸引似的，我一步步靠近它，陷入了静默的沉思。我研究着宽幅帆布上硕大的一笔，近距离观察，画布上黏稠的颜料由深灰渐变为浅灰，仿佛雾蒙蒙的英格兰早晨上空中的光梯。那笔触栩栩如生，好像震颤着化入了周围的空间。我感觉与其说画上的东西重要，不如说画外的更重要，而将两种概念连接起来正是他作品的关键。

后来我发现李先生拿捏分寸的笔触表达了他对“共鸣空间”这一主题的迷恋，其中，空间的空的力量被强化到了艺术家无法干预的地步。他的艺术意图源于其作品与其身处的环境之间的碰撞，以及这种碰撞又如何反过来改变着环境。隐隐之中，观者们被邀请思索这一概念。他在《静立片刻》（*Stand Still for a Moment*）一文中写道：

> 忙碌而激动不安的人们，停下来静立哪怕仅仅片刻。仰望蓝天，闭上双眼深呼吸。仅需如此，你就会改变，世界也将苏醒过来。松尾芭蕉就曾在诗中传达过此意。
>
> “青蛙跃入古池，一声清响。”
>
> 诗人在这一微妙瞬间的事件中感受到了广阔宇宙的共鸣。我的作品的目的就是在庸常生活的麻木世界中创造出此种生趣十足的瞬间。（李禹焕，《静立片刻》，1997年）

将某一简单的瞬间或动作感知为某种事物的变形，自从认识了李先生的作品，这种直觉便一直伴随着我。它也成为我旅行的常伴。每每在归途，某地的生活气息和声音便是我脑海中最鲜活的记忆。原因可能在于尽管此前的经历已从眼前消失殆尽，但回忆里它们的魅力却未减分毫。

在筹划本期选题的过程中，我有幸在李先生巴黎的工作室里对他进行了一次采访，也再度被引入静默沉思的状态之中。出于对韩国文化的尊重，也因为他的英语并不流畅，我本打算用我们共同的母语来交流。遗憾的是，在国外生活了20多年的我对韩语有些生疏了。和他说母语让我突然觉得有种莫名的紧张。由于担心我错误的语言会不经意间冒犯他，在45度鞠躬（韩国人见面的礼仪方式）之后，我静静地聆听着他同我们记者之间的交谈。我的失语显然是许多我想说却无法说出口的话语的反证。我只希望李先生能从我的沉默中读到我对他的敬意。

Rosa Park

目录

I. 艺术与设计

拉贾斯坦邦

II. 时尚

法罗群岛

南加利福尼亚

III. 逃离

别册《周末·光》

撰稿人

Alice Cavanagh
Anders Schønnemann
Ben Cullen Williams
Charlie Lee-Potter
Finn Beales
Jonathan Gregson
Justin Chung
Lily Le Brun
Lucy Brook
Mark Sanders
Mickey Stanley
Minh T
Nathalie Francis
Nathalie Schwer
Rick Poon
Robbie Lawrence
Robert Swan
Sean Hotchkiss
Thomas Pullin

《谷物》正在

读

李禹焕《偶遇的艺术》

听

B&O PLAY的H8无线耳机

用

Symthson的巴拿马袖珍笔记本

I

艺术与设计

“光照若要更加明亮，必须射进黑暗的世界里。”

弗兰西斯·培根

光的研究

A STUDY OF LIGHT

摄影：*Anders Schønnemann*　艺术设计：*Nathalie Schwer*

Nendo w132t3 by WÄSTBERG（前页）
Captain Flint by FLOS（本合页）

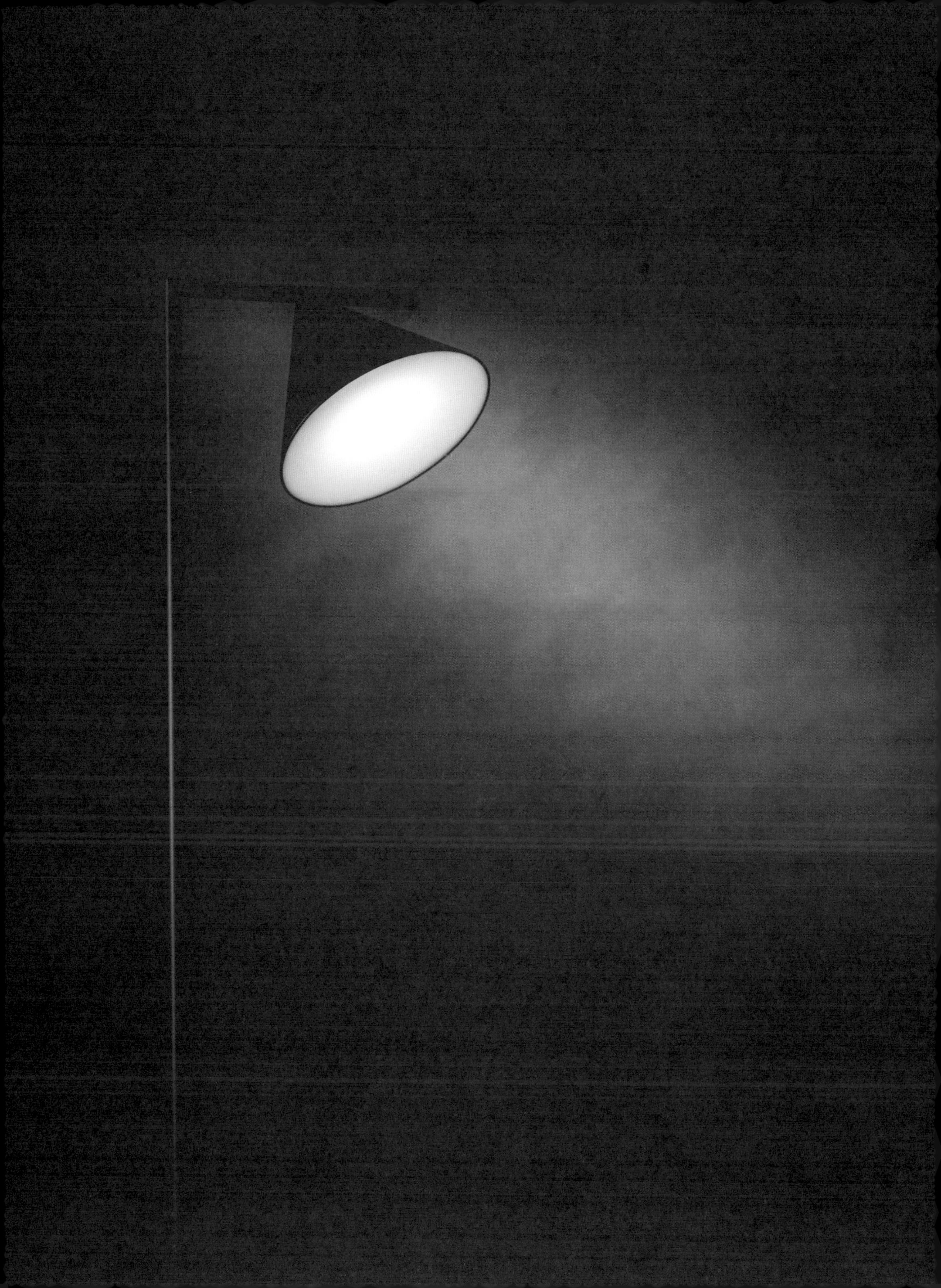

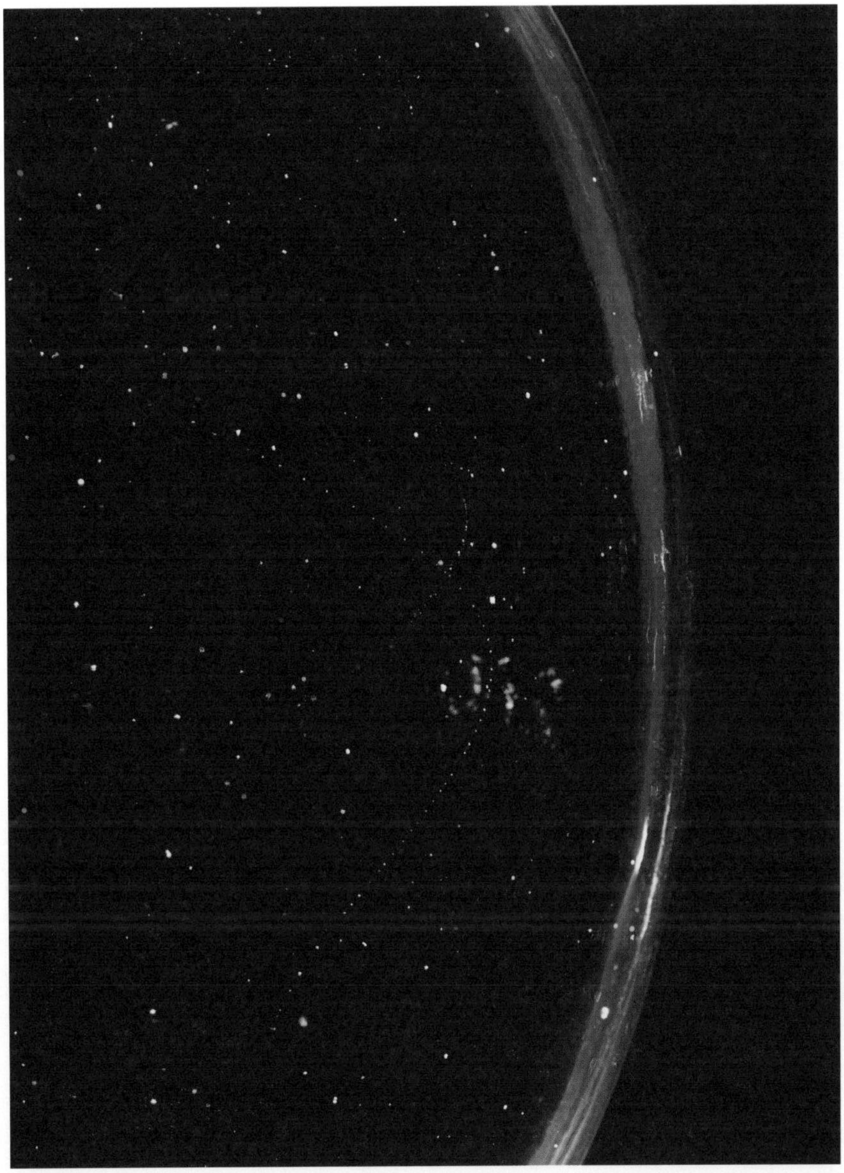

Celestial pebble by OCHRE

Dot line floor by LAMBERT ET FILS

光

light

周末

WEEK | END

别册

光之城

by Dheeraj Reddy

DHEERAJ REDDY
坚定地认为生命中所有的真理都在于对旅行、文学和艺术的领会。他致力于通过诗歌来探索时光与记忆的主题。除了俄罗斯和拉丁美洲文学以外，他还喜欢远足、数学和印度薄饼。

最后一夜，出发前的暂停，
但未来还很遥远，
尚未来临。

仿佛孩子们着急着长大，
我们发明了彼此，
然后沉迷于夜晚纷繁难辨的线索。
如同一本后现代小说中的人物，
随着剧情展开的节奏跳着狐步舞，
无情地玩弄着现实。

我们漫步，
在自己好奇的心里，
直到月光擦伤了我们的身影；
我们投降，
对着温柔的雨水，
让它纤细的手指伸入发间；
我们跳舞，
伴随着横跨的大桥和褶皱的窗户下
微风颤动的回声。

就像热切的印象主义画家们在工作，
我们靠近夜的景象，
以梦扫视柔软的黄色光线。
时间的巴士底狱，
被缓缓蒸馏，落入记忆的液体量具里，
未来的证明，过去的证明。

最后一夜，出发前的暂停，
但未来还很遥远，
尚未来临。

正 确 的 影 子

by Annie H Lee

ANNIE H LEE

职业是一名律师，但内心是一位作家。她目前住在纽约市，出版过诗歌以及一本关于美国青少年用语的书籍，是一部获奖电影短片的编剧之一，也为法律和生活杂志撰稿。

从我记事起，我就不喜欢碳酸饮料。无论嚼薯条还是吃汉堡，我都会点一杯水或者果汁，而非碳酸饮料。我发现自己生来如此——就好像有些人对香菜有种生理上的厌恶（我也是其中之一）——但一次和祖母吃晚饭的经历让我发现完全不是这么回事。当我避开了一罐可乐然后拿了一瓶水的时候，她评论道："要知道，你从前很喜欢碳酸饮料。"

"绝不可能。"我反驳道。

"但的确如此，"她说，"其实你小的时候就爱喝碳酸饮料，以至于有一天我不让你喝芬达，你还冲我发脾气，所以我跟你说你再喝下去全身都会变成橙黄色。从那以后，你就不再吵着要喝那个了。"她笑着说，"接下来那周你去一个朋友的生日聚会时，她妈妈给你递了一罐芬达，结果你一下子哭了，还大叫着说：'你就是想害我皮肤变成黄色！'"当我惊恐地看着她的时候，她还笑出了声。她给一个敏感的孩子讲了一个可怕的谎言（圣诞老人和关于牙齿的那两个就算了），显然，我深受创伤，以至于这件事已经渗透到我的潜意识之中，现在我讨厌碳酸饮料，一辈子也改不了了！

我开始疑惑，为什么我这么害怕皮肤变成黄色。从那张我穿着印有托马斯·杰斐逊头像的上衣的照片来看，很明显那时候的我压根儿就不在乎自己的外表，但它也使我想起在新泽西上学时的某个春天。那时候我8岁左右，正是课间休息的时候，我准备去一个地面上有不规则裂口的过道玩跳房子。路上，我瞟了一眼草地上一群女生聚集的地方，只听嘘的一声，朱莉——班上最受欢迎的女孩儿——从人群里走出来，开始表演体操动作。她们簇拥着她，围成了半圆形。当她观察周围环境时，她的金发在太阳下闪烁着光芒。她自信地深吸一口气，然后完美地表演了一连串的侧空翻、后空翻和某种像对抗重力鱼雷似的动作。最后，她满怀激情地双脚落地。她的双臂展开，胸脯直挺，像只雄鸡似的，仿佛在说："嗒嗒。"女孩儿们满怀崇拜地鼓起掌来，叫喊着："太棒了！""加油朱莉！"

吹捧奉承的声音久久回荡在春日的空气里，我低头看了眼自己跳房子的网格，孤身一人。即便是在那个幼稚的年纪，我已经敏锐地意识到，在那个所谓三年级的微观世界中，我和朱莉属于不同的社会等级：她高高在上，而我却在她之下。这不仅仅是因为她会表演空中体操动作，而我只会从山上滚下来；抑或是因为她穿了耳洞，而我戴按扣式耳环；也因为她有一头软而卷曲的金发和一双蓝灰色的眼睛，而我的头发却是直挺的黑色，眼睛是深棕色；她肤白胜雪，而我的皮肤却有些发黄。我的肤色不对劲——至少在20世纪90年代的这座美国小镇情况如此。当我把石头扔进格子里的时候，视线划过细长的双臂。“只差一点儿我的肤色就过关了。”我告诉自己，然后我跳着，跳着，跳着。

但我也知道“只差一点儿”并不能将我带往人们乐于见到的朱莉所在的位置。于是我开始以连自己都无法察觉的方式背叛自己的种族。我表现出自己对周六的韩语课毫无兴趣的样子，避开祖母给我的韩国故事书，转而去读《玛德琳》(*Madeline*)和《大篷车里的孩子们》(*The Boxcar Children*)。我尽可能地待在室外，想让阳光把头发漂白。有时候我扎着辫子睡觉，这样第二天解开头发时，我顽固的直发会短暂地显出波浪形。我告诉班上同学，我觉得全世界最可爱的男孩儿是麦考利·卡尔金(Macaulay Culkin),还在街上搜集了许多新街边男孩(New Kids on the Block)的海报，即便我没听过他们的任何歌曲。或许最能说明问题的是，每当我玩芭比娃娃的游戏时，我总会让我的主人公——一位美丽的拥有不现实的魔鬼身材的金发肉弹（我叫她朱莉·罗宾逊）——摆好架势迎战我唯一的有色人种芭比。她的头发是黑色的，皮肤是橄榄色，拥有“东方式”的眼睛，穿一件金属绿的紧身衣。我把她叫作“邪恶的吴小姐”。

大概就是在这段时期，我的父母宣布我们全家将要搬去韩国。

“为什么？”我高声抱怨道。我已经把自己的整个人生都规划好了（当然，所有的少女都这么觉得)，并且我极其固执地拒绝做出改变。

“你父亲的新工作在首尔。”母亲回答道。

“不不不不不不！”我带着哭腔说道。我交叉双臂在胸前，重重地跺着脚，但他们毫不妥协。我怒目而视，他们依旧全无反应。我一清楚地意识到这已经是板上钉钉的事了，便立即改变了策略。“这样的话，”我怒气冲冲地说道，“走之前你们至少要给我买个新玩具吧？”如果我不能阻止离开的决定，那么我当然要从中捞点儿好处！于是我们去了一趟玩具反斗城(Toys“R”Us)，那里有一个我梦寐已久的玩偶——美丽小卷发椰菜娃娃。当然，这还是一个白人娃娃。

去韩国的飞机上我随身带着她，当我们搬到新家时，我也一直紧紧抱着她。在韩国，一切都不一样了——到处都是公寓楼，传统的露天市场两边是漂亮的百货商店，小吃摊上卖着鱿鱼干和辣年糕。当然，街上的人都和我长得一样。同样的发色、肤色和体型，一切都是一个样。我毫不费力地和他们融为了一体。但当我张嘴和母亲说英语时，人们会停下来看我。

有一天我们坐出租车去市中心。注意到我的母语不是韩语，司机转向我母亲，问她我们是不是从美国来的。她给予了肯定的回答，并告诉他我们刚搬回韩国。司机接着问为什么。我把头枕在母亲的腿上，正准备趁她讲老一套的“丈夫找到新工作”之类的话时赶紧睡一会儿。然而，她却说：“我希望我的孩子们能了解自己的文化。”我眨了眨眼睛，睡意全无。她刚才说什么？我一动不动，等着母亲继续说下去。“住在美国很难让孩子们学习韩国的传统。要教的东西太多了，每周的韩语课完全不够。”她解释道，“我想让他们亲身体验生活在这个国家的感觉，并且为自己韩国人的身份感到自豪。”

有意思，我暗自想道。这就是我们跨越了大半个地球搬过来的真实原因吗？果真如此的话，我不得不承认他们的计划奏效了。但其中过程也并非一帆风顺。起初，父母把我送进了一所当地的韩国学校，客观地说，我应该高兴。我很快就交到了朋友，拿到了好成绩（尤其是英语），一些男孩子甚至对我有意思。但那里对整齐划一的强调却让我觉得窒息。我的好奇心并不受老师欢迎。他们会不耐烦地说：“a^2加b^2为什么等于c^2并不重要，”并用尺子敲我的桌子，“你把它记下来就可以了！”母亲察觉到我日益增长的不快后，就把我转到了一所国际学校。那其实是所为韩国的外籍人士的子女提供西式教育的学校。

终于，我感觉自己找到了一个安全的空间，在这里，我不仅能做自己，也能接受自己。这个社群张开双臂欢迎我，也极力推崇创造性。我可以随心所欲地阅读和写作，不用再担心不能问问题。最重要的是，这里的学生来自世界各地，包括韩裔美国人、白种美国人、澳大利亚人、英国人、印尼人、印度人、加拿大人、伊朗人、德国人、南非人等。我不再把自己的种族当成一种缺陷，我也开始探索外部世界，试图去了解我身处的这个国家。我学会了乘坐公共交通的方法，周末的时候我也会和朋友们去明洞和江南购物区游玩。我们享受着咖啡文化，参加韩流综艺节目，复印护照进入地下俱乐部。到我高中毕业返回美国的时候，我已经将韩国当成了自己的gohyang——一个意味深远的词，通常被翻译为“家”，但它也包含有根、起源、记忆和身份等多重意义。我珍惜自身所带有的韩国性，为此骄傲，并有了归属感。

于是，我在美国的第二次生活跟以往全然不同了。我对自己的身份拥有了一种安全感，其中包括我的种族身份。无论是在本科还是研究生时期，我在亚裔美国学生团体里都非常活跃，并且多次撰写文章讨论韩国的文化。我努力跟进着韩国的变化和发展，喜欢在不同的城市里生活。甚至当某些陌生人偶尔拿种族主义言论来羞辱我时，我都不感到丝毫的惭愧或认同；与此相反，我最多会觉得困惑不解，并同情他们的无知。这就是我：一个韩国人兼美国人。要么接受，要么离开。

近来，我常常回想起这段自我发现的旅程，尤其是我和丈夫的第一个孩子将要出生了。她的种族背景将比我的复杂得多——韩国、中国、斯堪的纳维亚，有时我担心这会对她未来的生活造成不利的影响。她会特别认同其中一种文化吗？还是会将它们通通丢弃？人们会向她投以一样的目光吗？然而无论我对此多么焦虑难安，我知道，最终，她个人的身份认同还得她自己去塑造。我和丈夫可以给她报多种语言班，给她教授我们的文化知识，甚至送她去国外留学，但究竟如何处理这些信息，决定权在她自己手上。尽管如此，我最想要告诉她的是：皮肤深一点儿，浅一点儿，是白是黄还是棕，这些通通无所谓，她的肤色刚刚好，如果有人让她不这么觉得，那么，去他们的——衷心祝愿那些人喝完芬达，全身都变得橙艳艳的。

给吉纳维芙的信件

by Lucy Brook

LUCY BROOK
自由作家兼编辑。她曾是澳大利亚布里斯班的一名记者，2012年来到纽约，为《Nylon》《Elle》《Russh》和《Oyster》等杂志供稿。现在定居伦敦，写作主题遍及旅行、设计、生活方式和艺术等方面，大量饮茶。

“你知道吗，露西（Lucy）这个名字来源于拉丁文‘光明’。”吉纳维芙（Genevieve）说。她一手端着咖啡杯，指间夹着烟，一手拿着一个碎屏的苹果手机。

“哦。”我点了点头，心里想着如果以拉丁词“黑暗”来命名该会多不合适，无论那个词是什么。

两周前，我和一位我深爱过的男人分手了，心里琢磨着要不要辞职不干记者了搬去纽约，正如那些为情所伤的人们经常做的那样。我觉得自己待在那儿不合时宜，也有些诚惶诚恐，仿佛布里斯班无情的烈日将我所有的失败都公之于众似的。五天后，吉纳维芙出现在我的工作室兼公寓门口，处境与我大同小异。一年前26岁的她遭遇了一场她所谓的存在主义危机。她辞去了科学家的工作，剪掉了齐腰的长发，换成了精灵系短发去参加选美。她的才艺表演是在尤克里里上弹奏《飞越彩虹》（*Over the Rainbow*）。她离开了她爱的人，去泰国教英语，结果却留在了尼泊尔。回到墨尔本之后，她和男友复合，但就在来我家的前一周，他跟她的朋友跑了。她来到了我的“伤心旅馆”，带着一件行李箱、一盒巧克力，以及蓝调音乐。

吉纳维芙同我初次见面时，我们都还是有点儿早熟的10岁小女孩儿。那时父亲们被赛车迷住了，把我们扔在了灰扑扑的赛车道的停靠站。她一身法兰绒，我穿着粉色的衣服，但我们记住了彼此，并在二十几岁时又联系上了。我们再次碰面时，我在墨尔本工作，跟她约好在弗林德斯街火车站见。“既然你都16年没见过我了，我会戴着米老鼠耳朵。”她在短信里说道。我本以为她是在开玩笑，但她出现在我面前时：身材娇小，顶着略带红色的金发，穿着法兰绒衣服，戴着米老鼠的耳朵。我们一直在写长长的邮件互通消息——关于我们的内心世界，也可能充斥着大量的纵情胡诌——因此在网络之外，我们很容易便亲密起来。

在布里斯班的那两个星期，我们坐在沙发上谈笑，哭泣，如同现在27岁的单身青年常做的那样。我的公寓尽管不大，但拥有一面可以看得见布里斯班河风景的玻璃幕墙。房间里总是光线充裕，即便我们都心情沉重。在9月初的阳光下，我为杂志写稿，吉纳维芙读书，读很多书。她做意大利调味饭配豆子当晚餐，甜点是红色锡纸包着的心形巧克力。我们共用一张单人床，像两个女学生似的傻笑着睡着。两周之后，我不再觉得生活一片灰暗，阳光也变得不那么令人难以忍受了。

“斑斓的色彩在一栋古建筑上跃动，

光和影搅动成一团旋涡。”

吉纳维芙找到了一份工作，这份工作可以让她做一个“追光者”（她的原话）。她在日出时分起床，然后早早结束工作，这样她就可以坐在海边看天空。她开始摄影，给我寄来许多阳光下闪闪发光的半透明海水的照片。而我则离职搬去了纽约，几年后又去了伦敦。那个曾让我心碎的男人成了我的朋友兼编辑。10月我将和最爱的人举行婚礼。正如一位朋友最近对我说的，生活变得很快，的确如此。

今年早些时候，我和吉纳维芙去巴塞罗那度假。一个闷热的周六夜晚，我们在哥特区吃了一大碗西班牙炒饭和无数片橙子蛋糕之后，无意间走进了巴塞罗那一年一度的光之节Llum BCN庆祝现场。有趣的是，我们两个人帮助彼此度过了黑暗时期，在地球的另一面重逢，恰好又撞到光之节。我最喜欢的一张照片是吉纳维芙在那个晚上用她的旧胶卷相机拍的。斑斓的色彩在一栋古建筑上跃动，光和影搅动成一团旋涡。她将其命名为“巴塞罗那的白夜”。

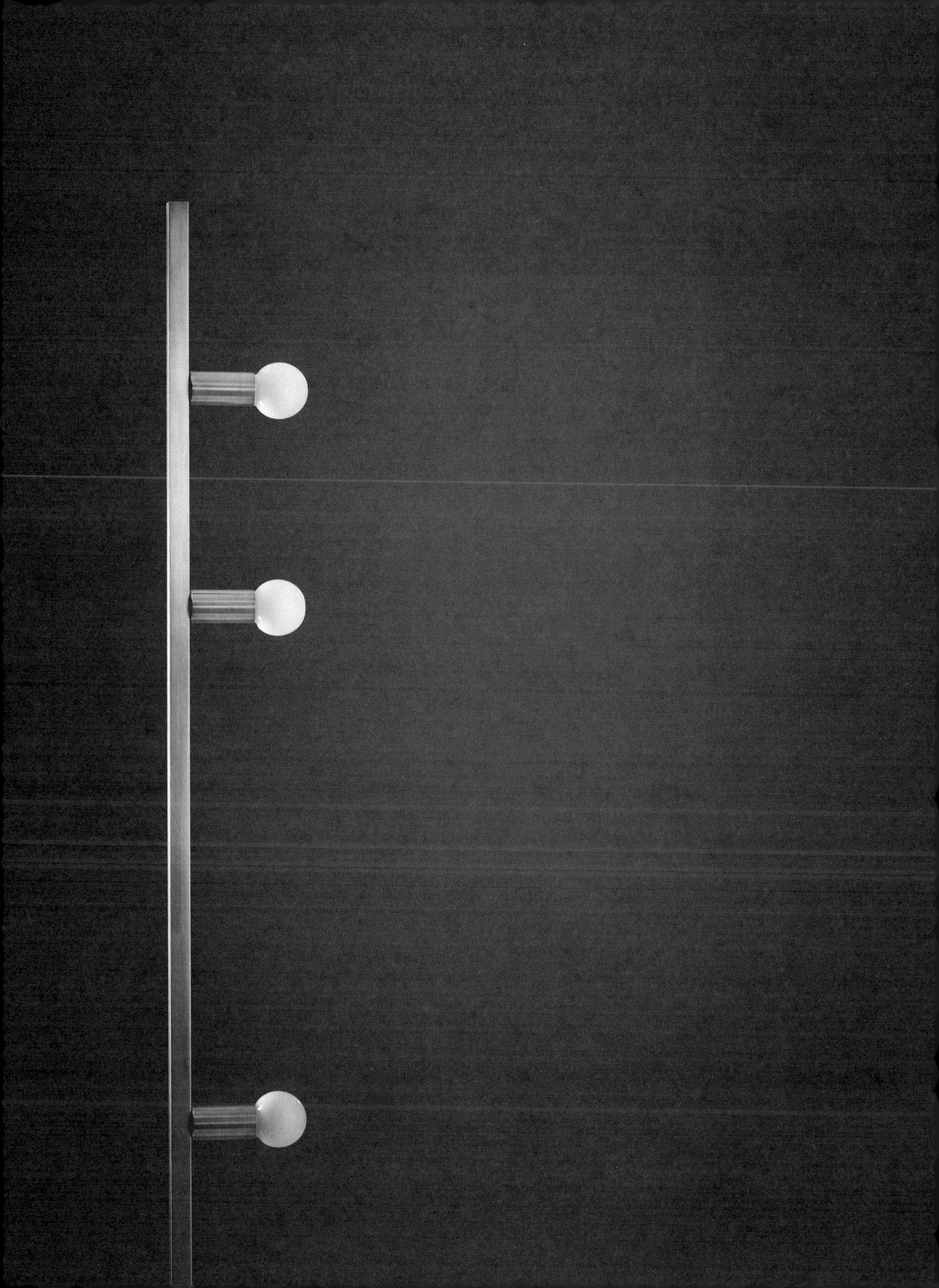

Billy TL Ilse Crawford Edition by KALMAR

Leaf by MUUTO

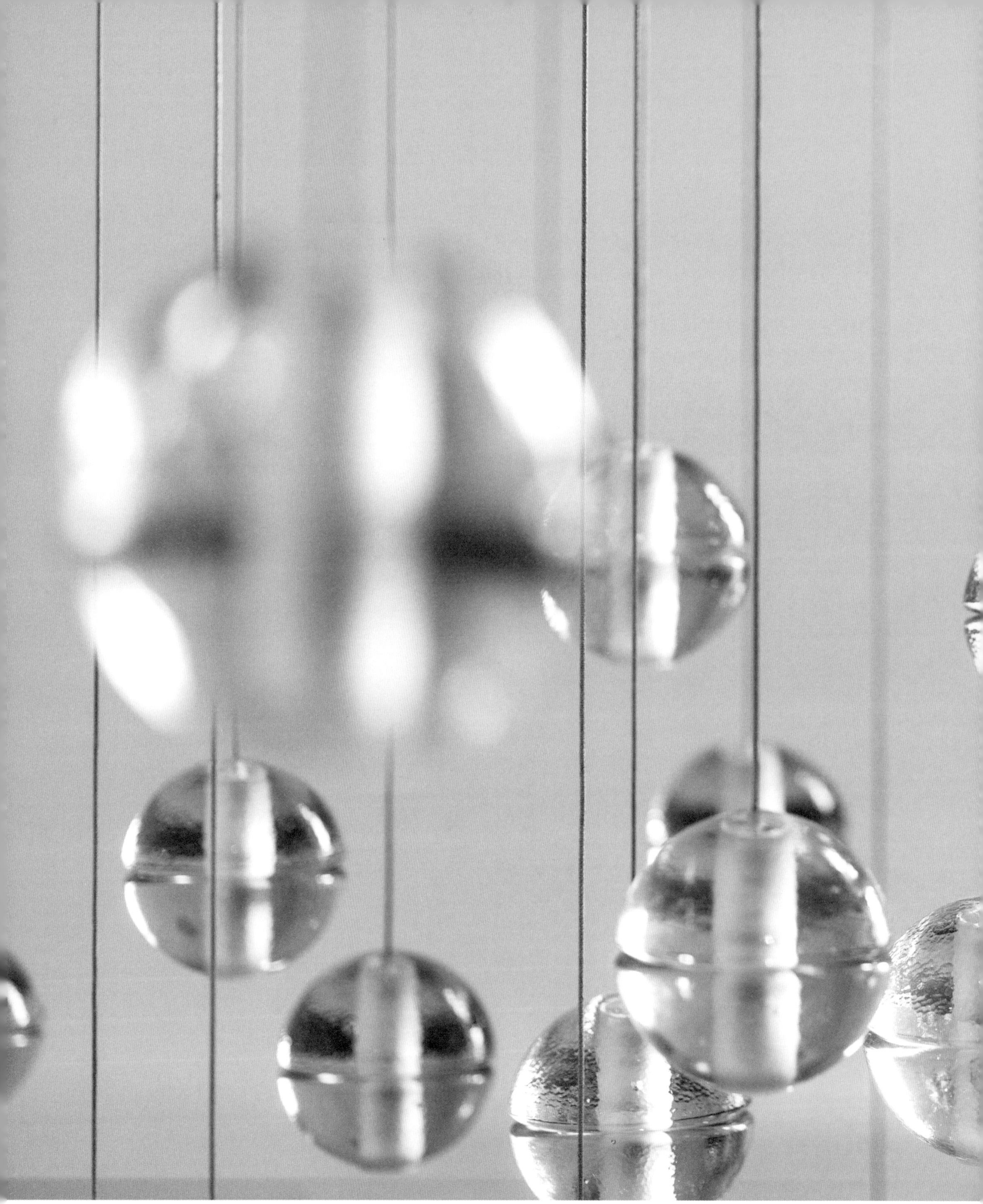

14 series by BOCCI

共鸣空间

拜访李禹焕及其巴黎工作室

RESONANT SPACE

VISITING LEE UFAN AT HIS PARIS STUDIO

文字：*Alice Cavanagh*　摄影：*Rich Stapleton*

李禹焕总是以完全相同的方式开始新一天的生活。他早上8点半起床，做30分钟的日常锻炼，这是他多年养成的习惯。他不好意思地耸了耸肩，不愿多做解释。但他透露这些锻炼带有沉思的性质，包括一些精心安排的呼吸练习，可以让他更好地应对一天的工作。由此可见，呼吸对他工作的重要程度不亚于他画画用的大幅画布和超大画笔。

“乍看之下，我的作品非常简单——好像任何人都可以这样画上一笔——然而当你站在它面前时，你就会真切地感受到某种有生命的东西。一笔一画都是活的，也正由于这种活的笔触，创造了一种共振。”他说。他的言语十分谨慎。

我们坐在他巴黎的工作室交谈。工作室位于第九区，在繁忙的街边一处静谧而绿意盎然的院子里。工作室里很空旷，只有角落里放了一张小桌子和几把椅子。墙边堆叠着大量的画布，正面朝内，整个房间显得毫无装饰。李禹焕穿着暗红色的上衣，搭配着深蓝色宽松牛仔裤、灰色的袜子和轻便鞋，这是房间里仅存的色彩。

每天，在晨间锻炼结束后，辛劳的工作开始前，他都会沏一壶绿茶，我造访的那天也同样如此。谈到作画，他说：“我的工作需要十分的专注。”他横着趴在平放在地上的画布上。下笔需要很强的劲道，因而也是一项繁重累人的工作。“一个没有接受过训练的人一次只能像这样工作二三十分钟。多亏了我的纪律性和准备，我能够持续工作两三个小时。”

从很小的时候开始，严谨性在李禹焕的生活中就占据着重要的地位。20世纪30年代中期，他出生在一个传统的韩国家庭。据他所言，家人对他的培养可谓是十分“严格”。“在我们所受的教育中，为人谦虚和遵守纪律非常重要，而且我们应该把休息和工作时间截然分开。”他说，“从童年开始，我就是这样生活的。”

李禹焕似乎并不大愿意提起童年的事情。他成年的时候正好撞上了朝鲜战争，于是少年时代的任何记忆无论多么美好，都不可避免地染上了某种悲剧色彩。尽管如此，20岁的时候，李禹焕离开了韩国到东京的日本大学学习哲学和文学。虽然他之前就曾在首尔学过书法和绘画，但在东京的这段时期才让他变成了一个真正的艺术家。他加入到一支现代艺术家的队

▶▶▶

伍，其中还包括日本艺术家关根伸夫。后来他们被称作“もの派 Mono-ha”——“物派”。在艺术史上，他们被视为日本最早的国际现代艺术运动的代表。李禹焕解释说，一开始，艺术批评家们用这个词只是为了表示对他们的轻蔑，因为他们不致力于绘画或创作，而试图表现本来就已经存在着的“物”，他们也只好无奈地接受了这个称谓。李禹焕说：“创造和不创造这两种观念在我这里一直都存在。”这也证明了物派的基本原则在他如今的创作中仍然占有一席之地。

不管是作画时使用的颜料，还是雕塑时采用的大卵石和铁板，对李禹焕而言，至关重要的是物体和周遭环境之间互动的状态。“很多艺术家会让自己的作品脱离环境或空间来单独呈现，”他说，“但我的作品却同环境密不可分。”李禹焕几乎所有的展览的举办场所都是特定的，目的在于让作品同它们所处的背景相互反应。在他2014年的凡尔赛宫作品展上，来自于他经久不衰的“关系项”（*Relatum*）系列的10件新雕塑作品被安排同历史上的知名庄园和宅地“对话”。在日本直岛安藤忠雄设计的李禹焕美术馆里，有个地方他直接在墙上作的画。

目前巴黎工作室里的这些画作是为拉格斯庄园（Chateau La Coste）的一个展览所准备的。此庄园位于法国南部，集酒庄兼艺术和建筑公园于一体，这将是李禹焕第二次在这里举办展览了。提及为展览做的准备，他说道：“在开始工作之前，我先去那里做了考察——气氛、环境、空间等，所有一切……我希望到访者能与我的作品相遇。这并不是说理性和理论不重要，但和你直面艺术品时所获得的感受相比，它们确实是第二位的。”

尽管从事艺术已经50多年了，李禹焕的创作热情却没有丝毫减退的迹象。虽然已经年至八旬，他的脸上却看不出皱纹。这或许是因为在他对幸福的定义中，工作不可或缺。“我的生活是围绕着我的创作和作品进行的。当我觉得自己创造出一件优秀的作品，或者举办了一场精彩的展览时，就很幸福。”他还说：“过不了多久，我就会着手做下一件事了。”

来源：LISSONGALLERY.COM
官网：STUDIOLEEUFAN.ORG

“我希望到访者能与我的作品相遇。这并不是说理性和理论不重要，但和你直面艺术品时所获得的感受相比，它们确实是第二位的。”

安缦吉瑞酒店

美国西南部的现代奢华之选

AMANGIRI

MODERN LUXURY IN THE AMERICAN SOUTHWEST

文字：*Rosa Park*　摄影：*Rich Stapleton*

虽然沿着安缦吉瑞的洞穴小道（Cave Trail）才徒步5分钟，但我已经停下来7次。在大圆环（Grand Circle）中心地带，人们很容易惊叹于这里一望无际的沙漠风光。这种壮观的风化岩石地貌是在地质史上历经1.8亿年的演变而形成的——《史前期的大陆》（*The Land Before Time*）里的石林和平顶山画面的灵感便来源于这种史诗般的场景。尽管如此，我却更多地被这种惊人地貌的细节所吸引。我发现了一只黑尾长耳大野兔，然后就立住不动了，来不及举起相机拍一张快照，它就跳进了一片印度落芒草丛后面。我花了一分钟的时间，将赭色和暗粉色的易碎小石放在掌心观察，希望能够从中发现它们所负载的史前生活的信息。

我的目光不断被此地茂盛生长的沙漠植物所吸引，每走几步就要情不自禁地注视、触摸它们，嗅闻它们的气味。我迷恋于开花的仙人掌（后来我还发现它们可以用橄榄油烤着吃）。我从毛茸茸的薄荷丛以及沙色鼠尾草丛中摘下几片叶子，用手指揉搓它们，想要闻闻它们清新的气味。如果我家种的盆栽也是这个气味该多好啊。既然我的愿望是沉浸在香草的世界里，那么按原路前进就不是一件容易的事。我想象着自己张开双臂，跳过蕨类植物、带刺的植物和匍匐于地面的叶子。但那只不过是幻想，我可不想被当成在隐生土壤（cryptobiotic soil）上行走的傻子。

随后，当太阳开始下落时，我便踏上了返回安缦吉瑞酒店之路。在倒数第二个圆丘那里我停了下来，想从远处观察酒店的全景。它的建筑结构十分优雅，低矮的长方体建筑同周围埃特拉达砂岩（Entrada Sandstone）微妙的色彩和纹理相呼应，天衣无缝地融入了此地崎岖的地貌之中。除了具备最高等级的酒店设施（2 300平方米的SPA水疗区，每套客房配备私人庭院和露台，以及环绕着一块硕大古卵石的蓝色泳池）以外，自然元素明显在安缦吉瑞酒店扮演了重要角色。这块大约240公顷的土地位于犹他州和亚利桑那州的隐形边界上，具有浓厚的美国西南部风情。从酒店出发游览鲍威尔湖（Lake Powell）、狭缝谷（Slot Canyons）、锡安山（Zion）、大峡谷（Grand Canyon）和纪念碑谷（Monument Valley）都相当便捷，这显然不是一个巧合：安缦吉瑞将你精心安排在了所有这一切自然美景的中心地带。■

官网：AMAN.COM/RESORTS/AMANGIRI

拉 贾 斯 坦 邦

R A J A S T H A N

I N D I A

特　别　鸣　谢

Kamalan

THE INDIAN TRAVEL CRAFTSMAN

印度旅游公司 kamalan

焦特布尔

蔚蓝之城

JODHPUR

THE BLUE CITY

文字：*Richard Aslan*　摄影：*Rich Stapleton*

焦特布尔实在令人难以忘怀：涂抹的厚厚的蓝色灰泥墙，墨绿色的格子结构，按进墙里的红漆手印，猩红色布料绕成的头巾。20年前，史蒂夫·麦柯里（Steve McCurry）曾用相机捕捉过焦特布尔城的色彩，如今老城大片的蓝色已渐渐褪去，取而代之的是平凡无奇的各种黄和粉红，或者是半加工的石料所呈现出的低调时髦的灰色。然而，假如你沿着弯曲的山径到梅兰加尔古堡（Mehrangarh Fort）去，站在高耸的城墙上俯瞰古城，那些平顶房屋仍像蓝色矢车菊一般生长在棕红色的山丘上。焦特布尔的居民们过去都喜欢给房子涂上这种颜色，但没人知道为什么，也没人知道他们今天是不是还愿意这么做。但至少从古堡望去，许多混凝土建筑已在视线中消失，焦特布尔“蔚蓝之城”（Blue City）的美誉还是当之无愧的。

这座城市偏爱蓝色可能跟拉贾斯坦邦炎热的气候有关；亦或许是因为城里的狗们下午聚在蓝墙下打盹儿时，注意到正午的热浪有所消减，蚊群进攻的势头也缓和下来，街头狗的智慧不多久就被人们发觉，于是窄巷里平添了一抹蓝色的清凉；或者是婆罗门用专属的蓝色来显示他们令人忌妒的高贵地位？他们的幸运多以碰巧生在了一个高贵家庭开始，而当其他人都视其为带来好运的使者时，他们的运气便可以一直延续下去。他们分发好运的时候通常会燃几根香，进行一个古老的仪式，再谨慎地收取一笔健康费。不过，如果任何人都能这样沾一沾运气，这个法子会不会就不那么好使了？看到蓝色的房子，弱者和贱民就该绕道而行，否则就会给整个城市带来霉运。还有一种说法是，它跟一段神秘的历史传说有关。据说，在一场天界的战争结束之后一种不稳定联盟建立了。天神和阿修罗们合力搅拌乳海（Ocean of Milk）以获得“不死甘露”。然而，他们却不小心释放出了致命的毒液。在愈演愈烈的大灾难中，梵天对湿婆低语说只有他能阻止宇宙最终的毁灭。他停止跳舞，饮下毒液。一个蓝点从他的嘴唇扩大到双颊，又从双颊延伸到了脖颈。他的妻子萨拉斯瓦蒂警觉地掐住了他的脖子，以防止毒液进入身体的其他部位。为了表达对湿婆无私奉献的感激之情，虔诚的焦特布尔市民将房屋涂成蓝色以纪念Nīlakantha——青颈之神。

यहाँ पर
मिलती है।
Chetak
RJ 19
22M 2305

斋浦尔

千面之粉

JAIPUR

SHADES OF PINK

文字：*Charlie Lee-Potter*　摄影：*Robbie Lawrence*

说斋浦尔是粉色的就跟说水是湿的一样不言而喻。尽管都是实话实说，但却忽略了事物本身无限多样的层次。斋浦尔城独特的颜色其实一部分是捷莫伦纳抗菌药膏（Germolene）的浅粉，一部分是湿沙色，外加一点儿碱式水杨酸铋消化药（Pepto-Bismol）的那种亮粉。一日之间，这里的颜色也变化不停，黎明时有些发白，而黄昏时却散发出郁郁的赤褐色光泽。雨季到来，整座城市有点儿像被烘焙过的那种黄色；在最炎热最干燥的日子里，它的外观又会完全被北方巨大的荒漠所改变。

独特的色彩赋予了这座城市浪漫的气息，而其神秘的由来使这种浪漫有增无减。大部分的旅行手册都会提到，这里一开始刷成粉色是为了庆祝1876年威尔士亲王（Prince of Wales）的造访。毕竟，粉色代表着尊敬、欢迎以及上升的太阳。但是，这一类的故事一般都不可尽信。其实粉红的斋浦尔在威尔士亲王到来之前早就存在了，最初是为了效仿莫卧儿人宏丽的大理石建筑。随后，在19世纪中期，王公萨瓦伊·拉姆·辛格二世（Maharaja Sawai Ram Singh II）偏爱彩虹色，他下令将每条街道都涂成不同颜色。然而最后的结果却并不让他满意，于是他又命令再刷回粉红色。凑巧的是，威尔士亲王正好赶在这时候来了，于是才有了后来的以讹传讹。如今，“老城必须保持粉红”已经写入了斋浦尔的法律，其中缘由，除了维持神秘感以外，也是因为旅游经济的驱动。

我喜欢斋浦尔混乱而偶然地变成了一座粉红之城，这种真实远胜于旅行指南上想让你相信的故事。而且，这座城市本就是混乱无序。这里极度拥挤，无比吵闹：你上了公交，小贩们就会跟着上去，向你兜售明信片、玩具和其他小玩意儿；从风之宫殿（Wind Palace）旁边过马路，一群人会让你为他们的服务付费，虽然你压根儿就没招惹过他们。斋浦尔粉红色的外壳在剥落、粉碎和凹陷，光看金盏花大酒店（Marigold Hotel）的气派华丽你是无法想象到这一点的。尽管如此，这座城市在被商业化所磨蚀的外表之下，仍然难掩令人着迷的风华。

斋浦尔由萨瓦伊·贾伊·辛格二世于1727年建立，他是安勃土邦的统治者。贾伊·辛格被莫卧儿帝国皇帝赐予了“萨瓦伊”的称号，意为“一又四分之一”，对于一个比普通人更聪明机智且更富教养的人而言，这个称谓再合适不过了。“一又四分之一”贾伊·辛格成为王公时才11岁，在建立斋浦尔城时也不过才22岁。这座城市是印度第一座预先规划好的城市，主要由9个“矩形网格”构成，每个“矩形”又被划分为更小的街区，整座城市被厚厚的城墙和7扇高耸的大门所包围。这种设计极具威严，却约束重重，考虑到城内拥堵的交通和人流，很难让人全然接受。然而，不可否认的是，它的确具有某种尽管混乱却不乏美丽的整体性。

▶▶▶

“斋浦尔城独特的颜色其实一部分是捷莫伦纳抗菌药膏的浅粉，一部分是湿沙色，外加一点儿碱式水杨酸铋消化药的那种亮粉。”

◀◀◀

我是从阿格拉(Agra)出发，坐巴士去斋浦尔的，快到这座粉红之城时才发现，“禁止酒驾”的标志原来说的是“树木只会出于防御而攻击”。我们在城墙外缓缓前行时，注意到两个妇女正从桶里小杯小杯地舀水，泼在热烘烘的水牛背上给它们降温。从宏伟的大门进入，老城热闹的景象突然跃入眼帘，展现出它原汁原味的魅力。除了令人惊异的粉红，斋浦尔出名的还有另一种色彩绚烂之物：手工切割的珍贵宝石。一位当地人自豪地告诉我：“全世界七分之一的祖母绿，九分之一的红蓝宝石，十一分之一的钻石都是在这里切割打磨的。”接着，他用一种诗意的口吻说道：“最好的蓝宝石应该是孔雀颈部那种蓝，最好的红宝石是鸽子血的颜色。”我没有勇气跟他说，来自英格兰牛津郡的人是没法做出这种联想的。斋浦尔的珠宝不只和粉色的墙壁相互呼应，更重要的是，人们以此为生。一个占星师看了我的手相后警告我，唯一能让我不得病的方法就是买一颗5.5克拉的黄宝石，然后戴在右手的食指上永远不要摘下来。虽然他十分坚持，但我离开的时候还是没带走任何一块黄宝石。目前看来，一切正常。

还有一门手艺在斋浦尔也十分兴盛，它的名气也同样来自于美丽的色彩。它就是手绘画。匠人们先把从水果蔬菜里萃取的颜料反复涂在木版上，然后再把木版深深压进织物中。欣赏这一制作过程令人不禁心醉神迷。同斋浦尔的许多其他事物一样，最终的成果是颜色的狂欢。由于它的图案是不断重复出现的，因而具有一种平静而有序的风格。我在写这篇文章的时候，脖子上就戴着来自于斋浦尔的织物。有趣的是，它也是粉红的。

来到斋浦尔，闻名遐迩的风之宫殿难免会让人心生仰慕。它的窗户开在某种特定角度，既能让宫里的女人眺望外面的风景，又能保证外面的人无法窥见她们的真容。在琥珀堡(Amber Fort)，你会讶异于这里芬芳的花园和用2 000万块玻璃装饰的镜房；在城市宫殿(City Palace)，巨型的银水瓮会让你看得目瞪口呆，这是举世公认的全球最大的银器组件，是为去伦敦参加爱德华七世(即前文中的威尔士亲王)加冕仪式的马多·辛格(Madho Singh)专门制作的。马多·辛格不相信外国的水质，所以用巨瓮装满了恒河水一路携带，这也使之成为历史上最大最浮夸的“自备午餐”的组成部分。然而，尽管有这些辉煌的建筑、充满创意和设计感的技艺，斋浦尔的粉红仍将是永不磨灭的记忆。这座城市既传统又现代，既注重精神和灵魂又极端商业化，衰败而美丽，令人又气恼又肃然起敬。■

细密画

匿名的艺术

MINIATURE PAINTINGS

THE ART OF ANONYMITY

文字：*Robbie Lawrence*　摄影：*Ganga Ram*

初见甘加·拉姆（Ganga Ram）是3月一个酷热的早晨。当时我们在酒店大厅，他指着浅色走廊里装饰的各种花纹、动物和图案，轻声地承认这些都出自他的手笔。我在拉贾斯坦邦停留的短短数日里，悬挂在两家罗喜特酒店（Rohet Garh和Mihir Garh）古建筑上的细密画让我很感兴趣。这两座曾经的堡垒现已改建为酒店开门迎宾了。发现这些精美作品的创作者就住在当地后，我便想办法见到了他。

起源于9或10世纪的拉其普特细密画在莫卧儿帝国时发展到了顶峰。借着宫廷资助，拉贾斯坦艺术家们创造了为数众多的花纹插图、肖像画、庆典或风俗画，以及宗教作品。其中，有力的线条以及和谐的图案是这些作品的重要特征。后来，它的风格中又糅合了印度教插画丰富明艳的色彩、伊斯兰装饰画的冷峻线条，以及传统波斯细密画富丽堂皇的装饰性肖像画法。

印度传统认为艺术家具有沟通天地的能力，年轻画家会被教导他们的天分来源于一些更高存在的赐予。因此，他们并不奢求自己的劳动能带来多大的回报。当我们在一个小亭子的阴凉里聊天时，甘加·拉姆安静地表示他所有的画作都没有署名。而我越想表达我的赞美之情，他就变得越加谦虚。他躲开了我的恭维，将话题转向了拉贾斯坦文化中艺术家的谦恭地位。

谷物：拉贾斯坦细密画通常都有哪些主题？

拉姆：这些画通常包括本地的鸟类，还有其他动物，例如孔雀、骆驼、大象和马，装饰画我们通常会选用花卉图案。有些细密画表现的是印度教的神祇，如最常见的象头神（Ganesha），还有一些描绘了玛哈茹阿佳（Maharajas）和马哈拉尼（Maharanis）间的爱情故事。我最喜欢绘制神的画，因为它们和我作为画家的主要职责相关，那就是将神的语言通过艺术传达出来。

谷物：你是怎么学会这门手艺的？

拉姆：我先学的画画。素描和上色是我最先学会的技巧。在我能独当一面之前，我花了很多年练习所有相关的技巧。

谷物：你的灵感来自哪里？

拉姆：我的家人也画细密画，所以我最早的启发是从他们做的工作中得来的。我的第一幅画里有动物和花朵。现在我觉得灵感无处不在，有时候来自一本杂志或者书籍，但更多时候是来源于大自然。每当我去一个新的地方时，我总喜欢观察那里树的形状、鸟的羽毛和花朵的颜色，然后再拿它们同印度的做比较。

谷物：你担忧细密画是一种逐渐衰亡的艺术吗？

拉姆：当这种艺术自身的价值上升时，对我们这样的画家的需求就会越来越小。做这种手艺的人已经不多了。直到印度1947年脱离英国独立，绘画创作一直是一份神圣的工作，需要画工精湛、娴熟的手艺人完成，也会得到王室的资助。21世纪以来，尽管对画匠的训练依然严格，而且画匠从小就开始习画，但富有的赞助人给的订单却越来越少了。这无疑威胁到这门技艺的生存。也许你们这样的杂志可以将细密画创作再次带进人们的视野，帮助复兴拉贾斯坦的手绘壁画文化。■

与泰姬陵共舞

印度的标志

DANCING WITH THE TAJ

AN INDIAN ICON

文字：*Robbie Lawrence*　摄影：*Rich Stapleton*

我的向导迪拉吉（Dheeraj）说服了一个船夫带我们去泰姬陵边的亚穆纳河（River Yamuna）。他站在发光的路灯下冲我笑了笑，说那条河段是禁止参观的。第二天一大早我们就醒了，沿着泰姬陵外墙边一条泥泞的小道步行去河岸。当我们经过路右边的一座沉睡的小镇时，泰姬陵的整体轮廓在黑暗中逐渐清晰起来。临近亚穆纳河的时候我发现了一根缠着蓝色麻线的铁木桩。乌鸦们都忙碌地围着河岸边散落的食物碎屑打转，鸽子们在远处拍动翅膀仿佛飞扬的雪花，野猪们、老鼠和狗拖着脚走路，还有喧嚷的虫子。船夫站在那里，就像动物园中心的守门人。一团香烟烟雾悬在沉闷的空气中。忽略蚊虫的嗡鸣和叮咬，我蹦跳着走下满是污泥的坡道，还时不时地回望破晓时见到的那幢庞大而结构复杂的建筑。我们把船滑进河里，浅滩散发出一股臭味，迪拉吉笑了，船夫又抽了支烟。在河里的时候我并没怎么拍照，仅仅是观察这座雄伟的镀金“冰山”和它的装饰就已经让我备感满足。

这里有一段沉重的历史。我想象着千百名工人拖着大理石板的情形。炎热，受伤的躯体，汗水和疲惫。一切都只为了美。贾汗（Jahan，1592~1666年），印度莫卧儿帝国的第五位皇帝，在1632年下令修建泰姬陵，以纪念他的妃子穆塔兹·玛哈（Mumtaz Mahal），她死于他们的第14个孩子出生之时。贾汗晚年多病，他的儿子奥朗则布（Aurangzeb）宣布他没有能力治理国家。没过几年，他在望得见妻子的陵墓的房间里死去。我也从这个房间的窗户第一次看到了泰姬陵。这座伟大的建筑在苍白的光线下暗暗闪烁着，仿佛留在干涸的河床上的一粒被人遗忘的珍珠。这幅景象中带有一丝孤寂。泰姬陵的四个尖塔中有两个围着脚手架，硕大的穹顶在发霉似的天空下变成了暗淡的赭色。我从各个角度打量着它，仿佛眼前有无数的隐形摄像头按动了快门。我抬头，看见一群燕子在天空中躲闪迂回，转过身，我注意到一个警卫正凝视着某根柱子的影子。

▶▶▶

◀◀◀

日落之前我们来到了阿格拉（Agra），然后直接去了几千米外泰姬陵西北方的堡垒。迪拉吉，这个可爱的、略带学究气且热爱菲利普·拉金（Philip Larkin）的小伙子就在入口处等着我们。他告诉我们，傍晚从堡垒看泰姬陵，风景甚是优美。这座建筑诞生于11世纪。它蜷伏在我们的视线之上，仿佛一只远古帝王蟹。我们伸长了脖子，眯起了眼睛，想要看清它焦赭色外墙的细节。我们沿着上坡走了很久才抵达堡垒的中心，并很快发现周围都是游客，有当地人，也有外地人，他们闹哄哄的，迫切渴望一睹陵墓的风采。

我没有感觉到那种兴奋感，就好像是某本书被推荐得太多，反而让你失了兴致。印度太经常被简化为一个象牙色圆顶的形象，我觉得有必要谈谈这里其他的好处，比如暖风和惊雷，燃烧的粪便和香料的气味，以及我第一次品尝的地道的印度薄饼。从斋浦尔到阿格拉的途中，我们遇到了一场宗教游行，司机不得不绕道而行。在我们猛冲过路面上的裂缝和坑洞时，我被乡野的匆匆一瞥震撼了。一个小女孩儿站在牧豆树下的水沟里，她身穿一件橄榄绿的裙子，衣领扣到了最上面一颗纽扣。下午的阳光照进她脚边茶色的水坑里，在我们短暂的目光相接后，她马上跑开了。这让我想起了保罗·弗斯科关于罗伯特·F.肯尼迪葬礼列车的照片。他的影像捕捉到了一个国家的精神，每一张照片都讲述了一个国民的故事。他每一帧照片的取景都跟从直觉的引导，因为他拍摄的对象本身就是转瞬即逝的。一切都生机十足。那些萦绕在我脑海中的画面让我开始拿起相机，坐在后座拍照，旅途的颠簸马上被我抛之脑后了。我还想再回去，看孩子们在尘土飞扬的小巷里玩蟋蟀，农民们将小麦切碎，篝火熊熊燃烧。籍里柯油画里的那种光线无处不在，灰扑扑的村庄仿佛也蒙上了一层超凡脱俗的光彩。尽管如此，当我们穿过镀金的走廊，到达皇帝被软禁的房间时，我仍无法自拔地陷入了在城垛上偷看沙·贾汗最好的创造物的魅力中。

等我和迪拉吉第二天下船回到那条泥泞的坡路上时，正值日出时分。早上7点，通向陵墓的查巴（Charbagh，又名“天国花园”）里已是熙熙攘攘。我慢慢地走过抬高的、分隔开郁郁葱葱的花坛的通道。我曾在某处读到过这座花园是波斯人按照莫卧儿人心目中的伊甸园设计建造的。泰姬陵自身矗立在一系列的平台上。当朝东的墙面将阳光反射在我身上时，我眯了眯眼睛。灼热的白色。刻在光亮的石头上的一首爱情诗。最后，我还是缴械投降了，花了一个多小时站在那里检视壁龛、拱顶和门廊。陵墓的大圆顶和尖塔已在视野中消失。或许我只需要站在那里，离墙壁几厘米的距离，想象着那些精致的细节一点一点剥落，欣赏泰姬陵真正的样子。■

简塔·曼塔天文台

仪表之王

JANTAR MANTAR

THE GREAT KING OF INSTRUMENTS

文字：*Richard Aslan*　摄影：*Robbie Lawrence*

萨穆拉日晷（Vrihat Samrat Yantra）——仪表之王，是一条27米长的石阶坡道。这条坡道和地面呈26°55'夹角，同斋浦尔城的纬度一致。鸽子栖息在建筑两翼剥落的橘黄色石膏切开的拱门下。顶端的亭子是宣布日食、月食及梅雨到来的地方。随着太阳在浅蓝色的天空中移动，这根巨大的指针的影子也以每秒一毫米的速度在这块雕凿成半月形的石头表面爬行一只手掌的距离。这块仪表盘显示的是当地时间，误差在两秒左右。简塔·曼塔日晷超大的体积很容易让人高估它的精确性，但考虑到太阳的半影比指尖还要宽，那些精密刻度的装饰性自然高于功能性。它巨大的尺寸更多的是为了显示知识的力量。

简塔·曼塔(Jantar Mantar)是梵语yantra mantrana——“计算仪”或“问事仪”的讹用。斋浦尔拥有5件大仪器：萨穆拉日晷、拉姆日晷、贾伊·普拉卡什日晷、方位日晷和纳里凡雷亚日晷，以及15件小仪器，用于计算日出日落、季节变迁以及日食、月食发生的时间，还有各种行星、恒星和星座的位置。萨瓦伊·贾伊·辛格二世的王宫坐落于老城东北角，最早出现在18世纪的这些仪器就放置在王宫的庭院花园里。贾伊有一张精致的小画像，画上他身穿皇家拉其普特服装贾玛、帕特卡和莫利，喇叭形的及膝罩袍，华美的刺绣腰带及红色头巾。他穿过耳洞，须发浓密，身后露出一截镶嵌着宝石的刀鞘。这位瓦士那夫教派（Vaishnav sect）的虔诚信徒幼年便继承了安勃土邦的王公位，既热爱传统，又倡导改革。他是700年来第一个复兴古老吠陀马祭的印度统治者，他取消了殉死制——寡妇们要在丈夫的葬礼上自焚殉夫的制度。与此同时，他也向莫卧儿皇帝穆罕默德·沙施压，最终取缔了吉兹耶税以及朝圣税。智识过人的辛格相信，关于古代印度天文术的教育是至关重要的。在北方大举入侵之时，莫卧儿帝国在内乱中岌岌可危。此时，贾伊建造了5座巨大的天文观测台，并将其都命名为“简塔·曼塔”。现在，只有首府斋浦尔的这座最大的天文台还在正常运转。

贾伊·辛格二世的天文才智通过灰色纹理的大理石和红砖黄铜表现出来，其目的是为了复兴这段长达千年的传统。而事实上，这也标志着它开始走向衰亡。日晷有着深厚的历史根基，也不止一次被发明过。公元前6世纪，一位名叫阿那克西曼德（Anaximander）的地理学家兼数学家曾将日晷背后的巴比伦学派的理论引介到希腊。与此同时，在印度，第一次提到日晷——在梵文里被称作“圆锥”（shanku）——是在《吠陀周谛士》（*Vedāṅga Jyotiṣa*）一书中。这一典籍记载了阿那克西曼德所在的时代大约800年前的一次冬至，表明了印度本土（或者至少是和巴比伦流派不同的一个分支）天文学上的发展。但正如一些恰如其分的评论所指出的那样，没有证据能证明后来就没有更新的算法写进这部文献了。种种迹象表明，中世纪印度教和佛教的典籍并未受到希腊和罗马的影响。与此相反，两种宗教融合后跨越喜马拉雅山脉传入了中国，佛教的势力进一步扩大。

16世纪，莫卧儿帝国从波斯大举南下，并将南亚次大陆的大片领土划入势力版图。尽管这种伊斯兰教和本土传统的“联姻”通常很难顺利进行，但穆斯林世界的观测仪器和印度数学知识的结合却使得印度天文学再度繁荣发展起来。一座建立于公元8世纪阿拔斯王朝治域下的巴格达的图书馆内新增了近100部被称为历表（zīj）的天文学专著。其中最新最有名的——以关于望远镜的记载闻名于世——是一部400页的以斋浦尔简塔·曼塔天文台的一位穆斯林学者命名的穆罕默德历法（i Muhammad Shahi）。对天文知识的探索将印度同中东、非洲、亚洲以及地中海地区联结起来，1 500多年来这些国家无论是政治势力，还是宗教、科学，都将天空作为它们权力的本源。然而，建成不到百年，简塔·曼塔天文台就变得默默无闻，进而年久失修，破败了下去。伴随着全然不同于以往的钟表的嘀嗒声，一种全新的力量和世界观在地平线上缓缓升起。

时间方程

假如地球绕太阳运行的轨道是一个完美的正圆，那么日晷时间和标准时间就能保持一致。然而现实中的椭圆形轨道却意味着每年只有4天时间是无须做任何调整的；其他日子里，平均时和视时之间的差别可达15分钟。时间方程为校正时间提供了必要的信息，虽然它对全世界的日晷都适用，但它也需要随时更新。地球的运行轨道每年都会发生一些缓慢的变化，这意味着尽管15世纪的日晷的时间可能仍然是准确的，但必须利用21世纪的运算方式才能将其解读出来。现在一些复杂的日晷已经可以将方程运算集合到机械装置之中。17世纪中期精确时钟被发明时，时间方程就产生了。然而它的使用方法却经历了一次两极变化。直到1800年左右，日晷时间被视为“正确的”，而钟表时间被视为“错误的”，时间方程开始被用于校正钟表，使其同日晷上显示的时间相一致。

我们在拉贾斯坦邦的行程

焦特布尔

住在老城区RAAS精品酒店

去梅兰加尔古堡俯瞰全城最美的风景

买一条焦特布尔手工缝制的马裤

在罗喜特酒店住一晚

斋浦尔

去城市宫殿以及琥珀堡游玩

在泰姬陵看日出

在纳哈加尔城堡（Nahargarh Fort）看日落

去一趟风之宫殿

———

特别鸣谢Kamalan旅游公司为我们规划了旅行路线。

WWW.KAMALAN.TRAVEL

II

时尚

跳跃，爱马仕

马术传统一种

SAUT HERMÈS

AN EQUINE TRADITION

文字：*Alice Cavanagh*　摄影：*Rich Stapleton*

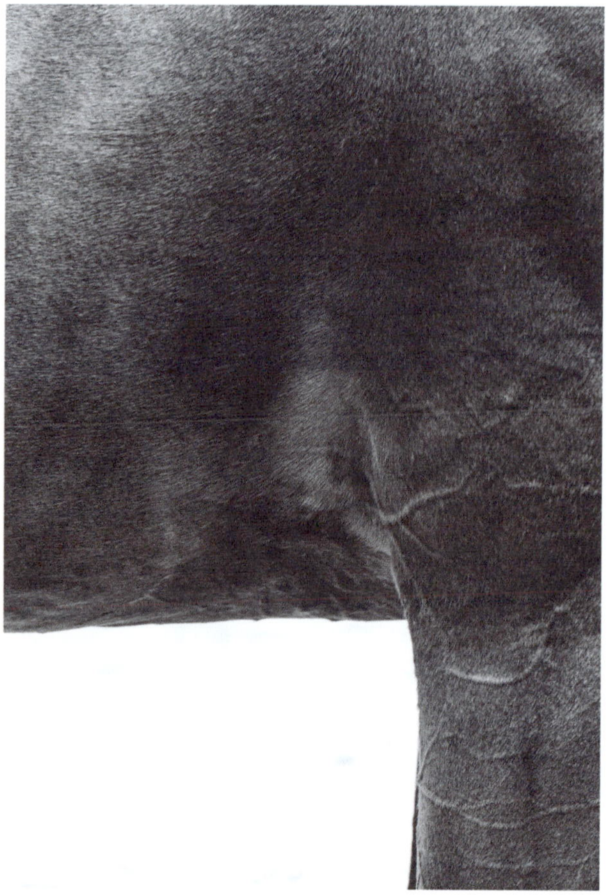

巴黎春天的来临具有几个关键标识，比如卢森堡公园的郁金香和番红花变魔术似的，一夜之间全部盛开；少数前卫的巴黎人急切卸下冬衣，露出了光秃秃的灰白的脚踝；再比如在巴黎大皇宫（Grand Palais）举办的一年一度的“跳跃，爱马仕”（Saut Hermès）马术障碍赛。一周之内，这座专门举办大规模展览、奢华壮观的时装秀以及各种商贸活动的学院派（Beaux-Arts）建筑就全然变了模样。成吨的沙子被运了进来，整洁的看台被安装好。整整三天，空气中弥漫着马匹和甘草混合在一起的令人舒心的味道。观众席上的吵闹声不时被广播打断，或是新的比赛开始了，或是另一名骑手入场了。马蹄踢踏的节奏仿佛远方的鼓声。

同门外的世界相比，场内的景象显得有些超现实，但它也和这栋建筑的历史渊源颇深。1901年建成之后的近60年里，巴黎大皇宫每年春天都会举办赛马秀。这座巨大的椭圆形竞技场最初也的确是为这一类的活动设计修建的。它的房顶由玻璃构成，有利于自然光线的进入；场内也配备着大型马厩。既然如此，致力于保留传统的爱马仕6年前开始举办马术比赛时，把场地选在这里便再合适不过了。

爱马仕第六代传人、巴黎之家（Parisian maison）的现任艺术总监皮埃尔－亚历克西·杜马斯（Pierre-Alexis Dumas）谦虚地说道：“一开始是我先想到赛马秀这个事的。10年前我们全家一致决定，是时候复兴传统并进一步挖掘它的意义了……于是这个创意便产生了。”爱马仕一开始是做挽具和鞍具发家的，即便在今天，这段历史仍是他们引以为傲的记忆，并且体现在了品牌形象上。除了沿用马车标识以外，爱马仕公司仍然在巴黎的中心地段保留着一家最初的鞍具制作坊。谈及对马术的重视，杜马斯说：“无论公司规模如何，一旦丢失了这部分内核，我们就会死去。”

杜马斯是位缄默、淡定却又风度翩翩的人。那天他佩戴了一条略带俏皮的印有马的图案的领带，使他优雅的装扮多了一丝讨人喜欢的媚俗感。他从容的举止似乎表明他的时间很充沛——不是无所事事，而是无拘无束的感觉。他的答案常常引发其他的问题，所以我们最后聊的早已不再是一开始讨论的话题。尽管如此，他对于品牌的预想却极具针对性。

▶▶▶

“观众席上的吵闹声不时被广播打断，或是新的比赛开始了，或是另一名骑手入场了。马蹄踢踏的节奏仿佛远方的鼓声。”

HERMÈS - PARIS
HERMÈS - PARIS

◀◀◀

蒂埃利·爱马仕（Thierry Hermès）的孙子埃米尔（Émile）和阿道夫（Adolf）在20世纪20年代遇到了困境，此时距巴黎第一家爱马仕马具店开张营业已近一个世纪了。马具生意在工业革命的冲击下举步维艰，汽车的发明意味着曾经备受器重的马匹已不再是日常生活的必需品。虽然阿道夫疑虑重重，但是埃米尔还是决定将老本行继续下去。他买下了兄弟的股份，然后扩充产品线，开始经营皮具和配饰。“但他从未停止鞍具的制作，”杜马斯指出，“我们一直保留着自己的工作室，我们一直在做马鞍。埃米尔是个真正有远见卓识的人。他知道我们必须适应现实，做出改变，但他也从未放弃我们的核心产品。”

自杜马斯2005年开始担任艺术总监以来，他和他的堂兄阿克塞尔·杜马斯一起，领导着这个品牌步入了迄今为止最成功的时期。他们的成功建立在父辈的努力之上。20世纪90年代早期，皮埃尔－亚历克西的父亲让·路易·杜马斯（Jean-Louis Dumas）大幅扩张了公司的规模，使原先的1间工作室增长到了15间，如今它们遍布于法国各地。虽然发展势头迅猛，但公司的核心特质——手艺人精神，他们也异常坚持。提起2010年过世的父亲，杜马斯说道：“他的想法很简单，首先是‘一人一物’（One Object, One Person），东西谁做的谁就要对它全权负责。他们不会自己做一部分，剩下的让别人接手。”他解释道：“当你购买一件物品的时候，你是正在买一件某人特别制作的物品。这对我们来说是一种荣耀。这就是我们的本质。”这一理念几乎贯穿于他们所有的经营活动之中，无论是著名的凯莉包（Kelly bags）和铂金包（Birkin bags），还是今天“跳跃，爱马仕”中骑手使用的手工精制的软皮卡瓦莱马鞍（Cavale saddles）和阿莱格罗马鞍（Allegro saddles）。

杜马斯在家族企业里的发展走的是一条再传统不过的路线。当让－路易把公司交到他手上时，他已经在各个部门工作了20多年，对公司有了全面的了解。他继承了父辈的很多传统，其中包括设定公司的年度主题，为各个创意项目和活动提供灵感。2016年，他选择的主题是“奔驰的自然”（Nature at Full Gallop）。“我想向自然致敬，全面思考我们与自然的关系。”杜马斯说，“首先，什么是爱马仕的自然？当我们遇到诸多挑战时，如何同自然相处？一千年以后，我们的文化也许仍有人记得，那时人类可能制造了历史上最多的浪费。”说完他又补充道：“我们必须想清楚这一切，真的，我们必须这么做。每个人的答案都不尽相同，但我们必须尽可能地保有真诚。”■

官网：SAUTHERMES.COM

TRIBUNE SUD
ESCALIER 11

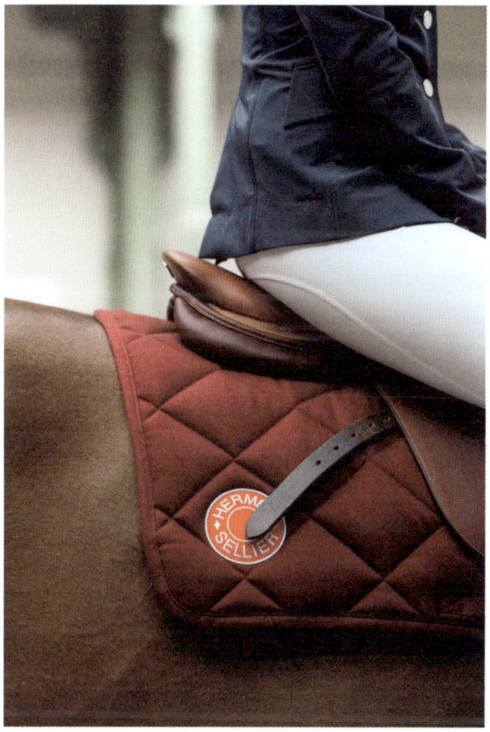
SELLIER

Mwnt海滩，威尔士

地域感

与TOAST创始人对话

A SENSE OF PLACE

A CONVERSATION WITH THE FOUNDERS OF TOAST

文字：*Lily Le Brun*　摄影：*Finn Beales*

Toast以棉质睡衣起家，仓库就在杰米（Jamie）和杰西卡（Jessica）在威尔士西部的农场里，打包和发货都在那里进行。过去的20年里，它的产品线已延伸到女装和家居用品，而引导品牌不断发展的是其创始人所推崇的简洁、耐用和实用理念。

Toast优雅的宣传册让人联想起这家公司朴实无华的乡村出身，即使它如今的发展已远达千里之外。虽然如此，今年秋季的画册却在繁华的东京街头取景。这一系列以简洁的黑色和轻现代设计为主题，传递出相当清新的感觉。尽管夫妇二人仍然专注地投身于Toast品牌的发展——杰米主管设计，杰西卡担任品牌总监，新上任的CEO苏西·德·罗翰·威尔纳（Suzie de Rohan Willner）和全新的团队已联手复兴品牌诞生时的灵感和价值取向。

《谷物》杂志在巴比坎的公寓里采访了杰西卡（昵称“杰西”）和杰米，想要探究这些过去的时光是如何影响Toast品牌的发展的。这套公寓整洁而光线充足，当他们不得不离开挚爱的威尔士乡村时，就会到伦敦的这个基地来。

杰西：不管是照片的选择、语言的使用，还是服装设计的灵感，Toast都跟某个地方紧密相连，无论这个地方是英国还是国外。这种联系对我们的品牌至关重要，也融入我们所做的一切事情之中。

▶▶▶

“所有这一切都只是为了打开那个世界的一扇窗，一个只要你肯花时间就能隐身于其中的世界。”

杰米：它和旅行关系不大，更多的是一种地域感。很明显，我们做衣服是为了赢利，但除此以外，更主要的是在这个世界开一扇窗——一个可以让你隐身不见的空间，只要你愿意花时间。有没有钱无所谓，你只需要花点儿时间。我认为这一点对Toast非常重要。

杰西：那绝对是Toast一直以来坚守的核心所在——时间、空间和平静，这些是人人都能拥有的简单的奢侈，只要人们愿意花点儿心思去了解它们，无论身处何地。事实上，我们的宣传照总有一种浓郁的自然风情。

杰米：大学毕业以后，我们搬去了威尔士的卡马森郡。在那里我们从事一些考古学的工作，我们也非常喜欢那个地方，就决定找个能留下来的方式。从那以后我们就再没离开过。当时是嬉皮运动时代晚期，我们读了很多关于佛教禅宗的书籍。我们就想在乡下的农舍里生活，那就是对我们而言重要的事，所以我们就开始做衣服糊口。杰西卡采集植物做羊毛的染料，而我设计和编织毛衣。

杰西：我们对时尚一无所知。但我觉得，这对Toast的创立是件好事。杰米喜欢各种面料。如果他跟别人吃饭，就会被他们的夹克衫的细节所吸引，或者是想知道那种特别的刺绣式样是怎么来的。基于杰米内心对衣服的理解，Toast从一开始就包含了一种地域感。当然，虽然现在我们拥有了一个全新的团队，但他们对这个品牌的历史深怀敬意，也都喜欢多样的衣物质地，对不同的制衣技术充满好奇。

杰米：地域感在这个品牌上的另一种表现是设计人们可以理解的衣服。我们不想指导人们怎么穿衣——我们只想鼓励人们自主穿衣。这其实是种非教条式的，不受潮流左右的时尚。为了将这种理念视觉化呈现出来，我们创造出一个想象中的女人，每一季“她”都被送往不同的旅途。现在，“她”的身份有点儿像是女版的威廉·福克纳。

杰西：在达尔林普尔《世外桃源》(*In Xanadu*)这本书里，他和一个曼妙的女郎一起旅行。在他们就要穿过边界进入伊朗时留下了一张她的照片。她看上去美极了：精神昂扬，坚定而不可战胜……不得不说，这确实有点儿反常。

杰米：现在我自己做设计少了，这个女人成了每一季开始的象征。这让我们去到某个特别的地方，放飞想象的翅膀。我们从自己想去的地方里选一个把她送去，好像她在替我们逃离现实的世界似的，虽然更多的是对世界的敬意……也有可能真的是逃离?

杰西：我想这就是离开世俗世界的一扇窗，它并不一定是个非常遥远的地方。它可以是某一个瞬间，或者某一缕光线。

杰米：无论在哪里都可以静下来。这个秋季系列我们虽然把拍摄地选在了东京脏兮兮的老街上，但我们想追求的效果并没有任何改变。设计一旦完成，最后的拍摄地点也就确定了。

杰西：这并不是简单地将材料和设计比附到一个地方。今年的秋季系列兼收并蓄地采用了许多不同的文化元素，包括中国渔夫和法国工人的工装，还有日式设计。在反复讨论之后，我们最终选择了东京，因为只有那里才能将我们所有的设想融为一体。这和这一系列想要表达的感觉以及这种感觉在那个地方所引起的共鸣有关。我们想要选择最好的场景去呈现这一系列，同时要确保我们想象中的女人也会爱上那个地方！■

官网：TOA.ST

Llyn y Fan Fach，威尔士

伦敦系列玫瑰金水晶钻石和宝石挂坠 WILLIAM & SON

精 选

珠 宝

摄影：*Mark Sanders*　艺术设计：*Nathalie Francis*
出品：*Darling Creative*

本页：
银质缠绕手环 ZAHA HADIDS
银质长手镯 ZAHA HADIDS
莫比乌斯银手环 GEORG JENSEN

对页：
圆球黄金耳坠 J.W.ANDERSON

-HERMÉS-

本页：
月长石戒指 KERRY SEATON

对页：
天然石白漆马鞍形手镯 HERMÈS
天然石紫红漆骑士手镯 HERMÈS

本页：
陀飞轮耳坠 DELFINA DELETTREZ

对页：
黄金淡水珍珠椭圆耳坠 SACAI + SOPHIE BILLE BRAHE

纯银锥形纹手镯（*9g*、*13g*、*23g*、*33g*和 *41g*） LE GRAMME

法 罗 群 岛

FAROE ISLANDS

62°09'31.0"N 7°01'01.8"W

另一片土地

寻找起源

文字：*Richard Aslan*　摄影：*Jonathan Gregson*

从前有一个叫格里姆·坎班（Grim Camban）的人。他是挪威国王金发哈拉尔（Harold Fairhair）时期第一个去法罗群岛定居的人。当时，由于国王专横无道，人们纷纷逃离家园。他们中的一部分人来到了“绵羊岛”（Sheep Islands，法罗群岛因绵羊众多故亦有此称）并开始在那里住下来，另一部分人去了更遥远的荒地。巨富之人奥德（Aud）在回冰岛的路上途经法罗群岛，便将红色索思坦（Thorstan the Red）的女儿奥洛夫（Olof）许配给了格里姆·坎班。他们的结合标志着法罗传说里最高贵的家族伊斯特里盖特比尔兹（Gatebeards of Eastrey）的诞生。

故事从坎班的长船划开波涛汹涌的海面开始。海风吹落冲向岸边的浪花，盐水浇灌着海滩岩石和鹅卵石上零星点缀着的秃草。砰的一阵抖动，船身擦着海床上的沙砾驶入浪涛之中，船桨有节奏地划动起来。雨水淅淅沥沥地落在海面上，搅乱了水中的倒影，让头发粘在前额，满布在面颊上犹如泪水一般。海鸟哀鸣，溅落在海边冰冷的涌浪中，翻动着八天里第一次踏足的陆地上的海草。时值仲夏，空气却依旧寒冷。阳光穿过绵密的云层照亮了棱角分明的山峰，在下一秒却又消失不见，将乌云滚滚的灰色天空中的一小团云彩映照得一片苍白。坎班可能是第一个上岸的，嘟嘟囔囔地说着话。或者，第一个上岸的人也许是他的某个家人。一个仆人头顶着一捆衣物；奴隶们拖着一个沉重的箱子远离了岸边拍击的浪潮，他们操着本族的盖尔语，小声地说着话；随后登陆的是家畜，它们喋喋不休地抱怨着吵闹着。

海湾附近地势平坦，雨水丰富，却不受此地频频骤风的侵袭。没过多久，第一栋长屋的支柱便开始就位，将影子投射在这片方形的土地上，显露出如同长船一般的形状。航船也早已将其他人从这里送往别的港口。这些北欧人和他们的航船将改变这里众多岛屿的外观。他们将此地命名为“绵羊岛”，名称取自他们的牲畜。他们会在一个多岩的海岬上修建一座屋顶盖着茅草的房子，并将其设为议会所在地。他们将书写自己的传说。顺风顺水的时候，他们也会和同族人做生意。奥克尼，设得兰，爱尔兰，苏格兰，冰岛。他们将拜倒在基督教的圣坛之下，尽管一开始不情不愿。他们还会亲眼看见自己再一次被并入那个他们曾一度逃离的国度。在大瘟疫中，他们三分之一的人口会就此殒命。他们的视线将会变得狭窄，缩小成为臣服于遥远的主教之下的一个小教区。他们会释放奴隶，继而又重新奴役他们。除了在奴隶贸易中觅得一席之地，或者出现在王室颁布的短命的释奴宣言里，这些奴隶总是游离在公众视野之外。然而，也正是他们将决定这个国家的内核。他们将在这片土地上耕耘，剪羊毛，收割庄稼，在自己修建的房子里烘焙面包。他们将磨掉古北欧语坚硬的棱角，为其谱上一段凯尔特的旋律，即便他们在自己的故事里全然失声。他们会成为恋人和母亲，而那些在历史记载中被抹去的一切将会通过血脉传承下去，融入岛上居民的身体里，占近乎一半的基因。

尽管坎班可能是第一个在这里说挪威语的人，但他的奴隶们所使用的盖尔语曾响彻这里青苔覆盖的所有山丘。随着长屋的梁柱耸立起来，此前居民的痕迹在冻土里搅动的双脚的践踏之下化为污泥。泥炭的灰烬，羊皮纸屑，谷仓里散落的谷物。在坎班到达之前，这些先来的人就搬到了更遥远的地方，大概是想独占一片海洋和天空。或者，他们也可能是死于饥饿和疾病，抑或只是一同进入了老年期。海湾附近

▶▶▶

◀◀◀

的平地看上去有些狭窄，而新的来客看上去也并不喜欢分享。岛上的隐士们一看到地平线上出现了新的身影，可能就立即逃到内陆去了。对他们而言，一个简单的山洞就足以应付沉思的生活，而一旦人声压境，他们便要摇摆木马请求放过了。因此，也许他们压根儿就没有离开。挪威人记载了他们首次发现的北欧文士彩图书籍、铜铃和华丽的牧羊人手杖，即便他们对肉、血和骨只字未提。他们把这些凯尔特修道士称为帕帕尔（papar）或韦斯特门（Westman）。巴帕（Paparøkur），帕丘尔（Papurshísur），韦斯特曼纳（Vestmanna）。最后，除了名字以外，他们没有在岛上留下任何东西。

在与世隔绝的愿望引导修道士们来到这里之前，这些岛屿也并非人迹罕至。在最原始的船只从西海岸出发向东北方进发很久以前，故事就已经剧终了。唯一的声音是格陵兰岛和欧洲大陆第一次分离时所发出的缓缓叹息。大陆在炽热的玄武岩不时的吵嚷声和火山灰剧烈的喘息声中被分成两段。欧亚大陆的裂口变得更大了，撬开了北大西洋。小型哺乳动物开始漫长的进化过程，它们毛茸茸的身体在新的生态空间里发生了变化。在5 400万~5 800万年前，三次剧烈的火山喷发将炽热的岩浆注入海水中，凝固硬化成了一片广阔空无的高原。就在一声声的轰鸣间，划时代的寂静时刻来临了，一种海藻植物繁盛地生长起来。它们后来化入了肥沃的耕地间，融于熔岩层间的黑煤中。随着时光流逝，深海的洋流和呼啸的狂风侵蚀着这片高原，使之沉没在波涛之中向东漂去，渐渐远离地幔沸腾的裂缝。大冰期的巨大力量从北极向南移动，高地和山峰就是被它们雕刻而成。18座岛屿连同其河流与湖泊，仍是海鸟们最初和最后的家园。■

法罗群岛在欧洲的位置

在托尔斯港（Tórshavn），屋顶铺着草皮的洛廷（Løgting）之座，被认为是世界上最古老的议会之一。领导这里的人被称作“法律之人”（Løgmaður），是法罗群岛的首相。尽管岛民们在1946年勉强进行过一次独立请愿，但却因对独立的含义无法达成共识，最后不了了之，如今法罗群岛仍属丹麦王国管辖。虽然这个丹麦王权下的自治领地拥有内政自治权，托尔斯港用法罗语印刷自己的克朗，但哥本哈根仍然掌控着这里的国防、司法、治安、外交事务和货币。法罗群岛的民众虽然对维持现状还是独立出去各执一词，但他们对欧盟的看法却相当一致。当丹麦在1973年加入欧洲经济共同体时，法罗群岛民众因忧心共同渔业政策（Common Fisheries Policy）会给他们带来不良影响而拒不加入其中。也正因如此，欧盟的范围从未涉足法罗群岛，虽然法罗人是丹麦公民，但他们却并非欧盟公民。尽管没有出台边境管制规定，法罗群岛却仍然游离在申根区之外。占法罗群岛出口总额90%以上的捕鱼业，仍在二者之间引发各种摩擦和纷争。2013年夏天，欧盟曾有一段时间禁止法罗船只从所有欧盟港口运送鲱鱼和鲭鱼。

无尽之光

法罗群岛的日出与日落

ENDLESS LIGHT

SUNRISE & SUNSET IN THE FAROES

文字：*Alice Cavanagh* 插画：*Thomas Pullin*

在法罗群岛停留的五天四夜，除了乘车通过那段例行的必经的岛屿间的长隧道之外，我从未见过一丝黑暗。黑夜的缺席让人们与时间之间的赛跑告一段落。我们所习惯的时间停摆了，因为日期无法被通常的参数所度量。当然，太阳终究还是会下山的，午夜过后的某个时刻，它便会沉入地平线下。然后黄昏和黎明重合在一片薄雾之中，直到半夜3点太阳再度升起。在某个少有的清明的夜晚，那些足够热心的人在短短数小时之内同时经历了两种状态。6月21日这天，当地人爬上了斯莱塔拉山山顶——法罗群岛最高的山峰——一边就着浓咖啡和羊肉干野餐，一边观赏这一盛景。

我没去云雾缭绕的斯莱塔拉山顶峰，也没有尝一尝羊肉干，但在这里的日日夜夜，我有很多其他事做。夏季到来，法罗人又恢复了生机，下定决心似的要充分利用好这段时间，因为可以预料，到了寒冬腊月，这样的好时光可能就只剩几小时了。睡眠时间被压缩得尽可能短，各种规模的现场音乐会层出不穷，比如那种在客厅里例行举办的音乐聚会。开车长途跋涉时，商业电台播放着20世界80年代的流行乐特别合辑，弦乐演奏的乡村小调让人不自觉地跟着哼了一路。

虽然法罗群岛汽车、轮渡甚至是直升机无所不有——后者是边远村庄间往返的常见交通工具，但目前最有意思的还数我们的日常徒步。即便脚下这片广袤甚至有些荒凉的土地大体上并没有什么变化，但每个转弯都呈现给人们一片令人敬畏的新风景，无论是露出黑色玄武岩的陡峭悬崖，还是卡勒尔灯塔附近与海平线上的风暴抗争的曲折海岸，抑或是许多仿佛从童话里走出来，有着少见鲜艳色彩的木房子的静谧村庄。

法罗人最爱的业余活动就是徒步，毕竟这里周围都是雄伟的乡间景致和惊险的峡湾风光。虽然你很难找到一棵树或者一块路标，但是这也让每一次的远足出发变成信念的指引。跋涉在山川之间，冬雪早已融化，绿色苔藓地毯在我们眼前延伸开去，甚至许多老房子的屋顶上也出现了它们的身影。几乎每一次徒步，我们都长达数小时看不到一个人影——除了不计其数的在山顶危险漫步的绵羊以外。我想，这可能就是法罗群岛最令人流连忘返的地方：暴露在大自然之中，几乎全然是孤身一人。再加上夜晚的缺席，你会觉得自己拥有大把的时间可以挥霍。■

“黄昏和黎明重合在一片薄雾之中，直到半夜3点太阳再度升起。
在某个少有的清明的夜晚，那些足够热心的人在短短数小时之内同时经历了两种状态。”

海雀

海鸟肖像

THE PUFFIN

PORTRAIT OF A SEABIRD

文字：*Alice Cavanagh*　摄影：*Jonathan Gregson*

来到法罗群岛，你最先会注意到的事情之一就是，这里一棵树都没有。触目所及的地方都是连绵起伏的绿色山丘，却独不见哪怕一根树苗。强劲的西风以及不计其数的绵羊意味着这里的植物虽然甘美，却长不及脚踝。不过，树木的缺乏反而让海鸟成为这里主要的鸟类。

夏天，超过300种海鸟在法罗群岛孵化幼鸟，这其中还包括声名远扬的海雀。我可以相当肯定地说，假如要选出“世界上最受欢迎的鸟”，那海雀绝对是最有力的角逐者之一。在我的旅途中，只要有人提到海雀，就会引发大多数人一种奇妙的反应，那种看到小动物或者毛绒玩具时所流露出的特有的表情。毫无疑问，这都是因为海雀总是一副又疑惑又懊恼的模样。即便这种卡通人物般的可爱生灵其实是群捕鱼高手，不仅擅长游泳和飞行，还能深海潜水，人们也并没有把这当一回事儿。而且恕我直言，海雀飞行的姿态——它的短翅膀以每分钟超过400下的速度奋力拍打，仿佛随时都会体力不支散架似的——老实说，很滑稽。

我们看到第一只——其实是很多只——海雀时是在去米基内斯岛（Mykines）的船上。这座小岛位于法罗群岛的最西端，立即让我们联想起爱琴海上的米克诺斯岛（Mykonos）。夏天，本地人和小鸟们都喜欢来这里，不过，鸟的数量要远超过人数。一路上，各种鸟类，包括塘鹅、管鼻鹱和三趾鸥，为了展示它们不羁的天性，有的俯冲，有的跳水，还有的掠过北大西洋光滑的水面，仿佛一场混乱的空中表演似的。

船一靠岸，我们便储备了些三明治带在身上，马上启程，步行从岛上唯一的村庄（人口：11个永久居民）出发前往灯塔。行走在路上，我们得以同这些小鸟亲密接触。视线内有几千只海雀，地面上密布着它们挖的孔洞（给聪明人的忠告：一定要顺着路线走，否则很容易滑进这些几米深的洞穴）。有一瞬间，5只海雀触手可及，每一只都骄傲地鼓起全身羽毛，它们艳丽的红色鸟嘴在太阳下闪闪发光。

它们似乎并不怕人。与之相反，它们还高兴地把头转过来转过去，好像是要在镜头前摆出它们最好的姿势似的。它们缺乏警觉的天性和地栖的习性曾经致它们于不利地位，因为当地人常把它们抓来吃。近年来，海雀的命运有所好转，不再出现在菜单上，但你仍然可以在岛上几乎任何地方买到毛绒玩具的“它”。

南 加 利 福 尼 亚

S . C A L I F O R N I A

U S A

34°16’08.2”N 118°21’56.2”W

沙漠现代主义

棕榈泉建筑

DESERT MODERNISM

THE ARCHITECTURE OF PALM SPRINGS

文字：*Lucy Brook*　摄影：*Minh T*

SPRINGS

"一座建筑可以被设计为满足一个供应商按月计的规律性。
或者，它也可以以一种非常特别的方式满足一个情人瞬时的快感。"

理查德·诺伊特拉

弗兰克·辛纳屈（Frank Sinatra）对20世纪中叶的现代建筑不感兴趣。那是1947年晚春，他刚和米高梅签订了一份利润颇丰的协议，并且将预先拿到的100万美元存入了银行。在好莱坞的黄金时代，一线明星的合同里都写着这样一条规定，那就是他们的住址必须在距工作室两小时车程之内的地方。而辛纳屈想要修建一座周末度假屋，并且年底要在那里举办一场盛大奢华的新年派对，于是他来到了洛杉矶以东160多千米外的棕榈泉。在一个闷热的星期四下午，辛纳屈戴着一顶白色水手帽，一边吃着冰激凌甜筒，一边漫步走进了威廉姆斯公司（Williams），他说（据传）："我要买房子！"一年前，建筑师E·斯图尔特·威廉姆斯（E Stewart Williams）刚加入他父亲和兄弟位于棕榈泉的公司。

辛纳屈想要的是一座乔治风格、适合过周末的大房子，并且要在圣诞节之前就能入住。威廉姆斯当时38岁，不想坏了这门生意——这是他经手的第一份住房委托——但与此同时，他也清楚应该跟着自己的直觉走。他给辛纳屈展示了他的想法：一座独特的现代主义住宅，房子里有许多长长的水平线，玻璃幕墙，并且他建议更多地使用"沙漠适用"的材料，包括钢材和铝材。辛纳屈最终被他说服了，这座被命名为"双棕榈"（Twin Palms）的房子及其标志性的钢琴形状的游泳池，在同年12月之前准备就绪。

这座建筑的完工标志着一块新的设计前沿的开辟。沙漠现代主义——20世纪中叶现代主义的地区变种——以棕榈泉为起点，在富有远见的设计师，如理查德·诺伊特拉（Richard Neutra）、艾伯特·弗雷（Albert Frey）以及威廉姆斯·F·科迪的带领下，距今已发展约20年了。过去，这种风格常被看作是独一无二的、不可匹敌的，并且只有把它放在沙漠中才能被理解。如今，它光芒四射。

棕榈泉造就了沙漠现代主义，反之则不然。位于柯契拉谷（Coachella Valley）的棕榈泉，四面都被险峻的山峦包围着，这里的地形——全是焦土，成片的绿草茂盛的高尔夫球场，棕榈树和叉状仙人掌——以及荒凉的地理位置，使其成为绝佳的建筑实验场。沐浴在骄阳之中，棕榈泉成为琼·迪迪昂（Joan Didion）笔下做金色美梦的地方。在《沙漠现代主义建筑师：20世纪中叶现代主义棕榈泉的设想》（*The Desert Modernists: The Architects Who Envisioned Midcentury Modern Palm Springs*）一书中，建筑师布拉德·邓宁（Brad Dunning）认为棕榈泉是：

> 最具有代表性的美国小镇之一，一个真正意义上记录时代的样本。在那个繁荣发展的时代，从工业、科学、社会改革再到设计领域，美国人乐观而勇敢的探索遍及每个角落。那些20世纪中叶"二战"后美国人的抱负和实验，在我们的沙漠地带得到了最为淋漓尽致的体现。

▶▶▶

沙漠现代主义的起源据说是市中心的绿洲酒店（Oasis Hotel），由弗兰克（Frank）的儿子劳埃德·赖特（Lloyd Wright）在1923年修建完成。虽然这座建筑带有一些装饰艺术和20世纪20年代现代建筑风格元素，但它完全是混凝土结构，且使用了当时非常少见的滑模技术。它的出现也引发了人们对形状、材料和建筑的一种新的认识方式。这种新风潮第一波的倡导者是理查德·诺伊特拉，他因设计了柯契拉谷的现代主义建筑而闻名于世。诺伊特拉生于维也纳，1923年移居美国。在洛杉矶他从一开始就逐渐形成了自己融艺术、景观和功能为一体的住宅建筑观。1937年，他为社会名流格蕾丝·刘易斯·米勒设计出了“米勒之家”（Miller House）。诺伊特拉笃信定制化的设计，1936年8月至1937年2月间，他同米勒通信多达50余封。信中，米勒详细描述了她的生活习惯和日常事务，她想要一个宽敞开阔的居所以及一个供她教授放松训练的工作室。最终的完成品是一栋集功能性与简洁风格于一身的建筑。

“对于一个从未设计过沙漠里任何建筑的设计师而言，这的确是相当完美的构思了。”“米勒之家”的现任主人凯瑟琳·米勒（Catherine Miller，与前房主无关系）在一篇网文中写道，“一排朝北的花纹玻璃窗有利于自然光的进入，也提供了一定的私密性；南面和西面的窗户上宽阔的屋檐提供了一片阴凉，以遮挡炎炎烈日；同时，大量门窗的设置有利于房屋里的空气充分流通。总而言之，这是一座占地仅100平方米左右的超级实用的建筑。”

不过，诺伊特拉最重要的作品是“考夫曼之家”（Kaufmann House）。这幢房屋与双棕榈在同一年竣工，曾出现在斯利姆·阿隆1970年的照片《池边闲话》中，是公认的不朽杰作。这栋建筑由百货公司巨头老埃德加·J·考夫曼委托设计，其突出特征在于“创新的建筑结构，优雅的细节呈现，体积—空间关系的良好展现”，以及“服务于室内—室外工业材料和新技术的使用”。90年代，考夫曼之家进行了大规模的复建，如今已是登记在案的国家历史地标（National Historic Landmark）建筑。

20世纪50年代初，还有一位在沙漠中掀起波浪的风云人物。他就是曾在巴黎与勒·柯布西耶（Le Corbusier）共事过的建筑师艾伯特·弗雷。他从1939年开始，永久定居在棕榈泉，设计了位于峡谷路的科克－山姆森楼（Kocher-Samson Building，建于1934年），以及随后在社交网络上经常现身的著名的棕榈泉市政厅（Palm Springs City Hall，建于1952~1957年）。1964年，他完成了弗雷之家II（Frey House II）这一建筑力作，它也是弗雷在棕榈泉的第二处住所。这座74平方米的小屋修建在圣哈辛托山边，采用了玻璃幕墙和钢框结构，是当时海拔最高的住宅。棕榈泉市政厅建筑监管所的人在核查弗雷的建筑方案时，认为那简直是些“疯狂”的设想，但最终还是批准了这个项目。如今，从这里俯瞰柯契拉谷，一览无余的绝佳视野早已举世闻名。不仅如此，弗雷之家II也被认为是全世界最早建造的对自然环境影响最小的住宅之一。

随着越来越多的建筑师致力于沙漠现代主义建筑的发展，其中包括A·昆西·琼斯（A Quincy Jones）和威廉·F·科迪（William F Cody，威廉曾说：“我把沙漠带进了建筑，而科迪把第五大道搬进了沙漠。”），这场运动也给加利福尼亚的文化带来了一系列连锁反应。房地产开发商约瑟夫·埃希勒（Joseph Eichler）——曾经的黄油销售员——建造了许多20世纪中叶现代风格的住宅小区。他打造的独特的建筑物挑战并且彻底改变了传统的民居应该是怎样的观念。1949~1966年间，他的公司在加州建造了包括棕榈泉在内的多达11 000套民居，不仅塑造了独特的地表景观，而且让现代建筑除了使一线明星和有钱人受益之外，也能惠及普罗大众。如今，埃希勒之家备受追捧。另一个变革者是唐纳德·韦克斯勒（Donald Wexler），他是第一个将钢材应用于民居建筑的人。尽管韦克斯勒设计的建筑规模要比“诺伊特拉们”和“科迪们”的小很多，但他的钢结构房屋影响深远。事实上，人们到棕榈泉接触的第一座楼房——棕榈泉国际机场，就出自他的手笔。

今天，沙漠现代主义仍在不断发展。2009年，建筑师吉姆·詹宁斯（Jim Jennings）在棕榈泉完成了他的作品——沙漠之居（Desert House）。这座建筑借鉴了20世纪中叶的某些原则，异常现代又朴素内敛。每年2月举行的棕榈泉现代主义建筑周（Palm Springs Modernism Week）吸引了来自世界各地的建筑迷和游客们，其主要活动包括深度游、电影和讲座。“建筑是我们的室外艺术。”关于沙漠现代主义经久不衰的魅力，布拉德·邓宁曾写道，“用几片棕榈叶或一根墨西哥刺木装饰和强调，一杯最完美的棕榈泉鸡尾酒就调好了。”■

PALM SPRINGS CITY HALL
3200

Civic Center
Hill Street
110 SOUTH
Downtown
Stadium Way
Dodger Stadium
EXIT ONLY
1/4 MILE

然后一路向西

去往洛杉矶

AND THEN I WENT WEST

MAKING THE MOVE TO LOS ANGELES

文字：*Sean Hotchkiss* 摄影：*Rick Poon*

“这个地方能别总像个度假区似的吗？”我问一个来自纽约的老朋友。现在他已经搬到了洛杉矶，而我只是过来暂住一阵子。我们站在银湖大道和日落大道交汇处的建筑物前面。红色的油漆在阳光下闪耀着光芒，我们的右手边是知识分子（Intelligentsia）咖啡馆，那些创意人仿佛整天都在那儿排队买咖啡，或者坐在咖啡厅外的遮阳伞下敲击他们的笔记本电脑，设计网页。大部分人都戴太阳镜，绝大部分人都魅力非凡。而我们的左手边，是一家多肉植物店。

我的朋友吹了吹他的滴漏咖啡，挠了挠他的胡茬，而他手上的文身则从麦金托什雨衣下露了出来。我低头看了一眼自己的外套。很快，正午的太阳就会让我们热得受不了。两个纽约人——在东洛杉矶穿夹克的傻瓜只有他们俩了。

一开始只有几个家伙在夜里打包行李搬家，如今西迁已是势不可当了。人们都在纷纷逃离纽约，去往洛杉矶。而且说真的？他们干吗不去？洛杉矶拥有许多金灿灿的海滩，壮丽的山峦，一年300天的阳光，工作和生活也能协调进行（的确如此）。另外，洛杉矶尚且还有基本负担得起的住房。我的一位摄影师朋友和他的妻子今年年初搬到了洛杉矶，他们拿纽约布鲁克林区的一居室在高地公园（Highland Park）换了一幢三居室的别墅，而且房租还更便宜。

外地人对这里的一些抗议呢？矫揉造作，枯燥乏味，美术馆贫乏，上流餐厅里的明星厨师也手艺平平？那都已经是过去的事情了，或者说，这些问题正在被彻底消灭。随着中心大市场（Grand Central Market）的蓬勃发展，以及各种时尚酒店、餐厅、商店、loft楼房和公寓的涌现，洛杉矶中心城区的复兴吸引了一群富有创造力的年轻人来这里发展。服装设计师们在工厂裁剪牛仔布，平面设计师们在灯火通明的卡尔弗城（Culver City）工作室制作网站，而音乐家们——乐坛上每一位具有影响力的年轻乐手都来这里安营扎寨。艺术家们也是一样。排队进入炙手可热的当代麦加——布罗德美术馆（The Broad）的访客的平均年龄才32岁。

而洛杉矶的另一头，一贯镇定自若又热闹无比的好莱坞已经永远改变了。贝弗利山连带那里的法拉利商店和500美元的晚餐都在一群老家伙的手上衰落了。星期一晚上去好莱坞西部的经历让我发现，除了

▶▶▶

马尔蒙酒店，每一个地方都已经完全过气了。不过，就在转角处的西日落大道，从万分和善的泰国街边小吃店里望出去，夜晚的市场人潮涌动。（我点的泰式炒饭是坐在吧台上吃完的。）

谈及此事，我纽约时尚圈的朋友说：“我真的拿洛杉矶毫无办法。每个人都惊呆了，告诉你：‘这里太棒了！’我有一种完全被这里征服了的感觉。”

“也许只是我们在纽约待太久了，”我开玩笑似的对她说，“所以我们忘了真正的快乐到底是什么。”

不可否认的是，我喜欢洛杉矶已经不是一天两天了。2009年我拜访了一位朋友，她在威尼斯阿伯特金尼大道有一间刷了白石灰的小房子。我们坐在捷里纳餐厅的后院里一边吃羽衣甘蓝，一边交换故事。我还骑车陪她去邮局取信，我们也曾看着海浪在吊床上睡着了。相比之下，纽约的生活简直差远了，比如隔天要参加一次的戒酒互助会，在上东区的一套奢华的宿舍里和三个室友同住。“难以置信你居然是这么生活的！”我已经对她说过无数次这样的话了。

虽然已经过去了7年，但我最终还是给加州的朋友们写了邮件，希望他们能帮我在那边找个过冬的地方。他们之中，有一个在鹰岩卖古董地毯，一个在回声公园做探险记者，还有一个在圣莫妮卡做喜剧演员。我最先收到的回信来自曼哈顿海滩的资产经理人朋友。“我和妻子有一间空房，”一个下午他在电话里说，“只要你喜欢，住多久都行。”

1月份的某个夜晚（新年刚过去不久），当我终于抵达目的地时，简直大喜过望。他们的小房子离海边仅有几步之遥。那件空房有点儿潮湿，但是是海边的房子里常有的那种令人愉悦的潮湿。清晨，细细的阳光在灰泥天花板上跃动，驻足在我的脸上、前臂上。少了城市的喧嚣，一时间我还真有点儿不习惯，但很快我便喜欢上了这种宁静。一两周之后，这种微微的不安感便消失不见了。我去山间徒步，在城里慢跑，写作，做了很多事。我在生活。

我的资产经理人朋友似乎也在这里过得相当滋润。在纽约，他会穿套装，皮肤发灰或发黄。而现在，他肤色健康（棕色），穿一件皱皱的Polo衫，每天下午三四点就到家了，常常带满满一袋炸鱼玉米饼回来当晚餐。在橘色的落日余晖里，我们会带着他流口水的金毛犬沿着海滩散步。“我们就是喜欢这里。”他说，眼里闪烁着光芒，他完全被征服了。

在洛杉矶的那些夜晚，我总在不停地开车，辗转各地。去马维斯塔参加聚会。去格兰岱尔看篝火。所谓的疲惫感，不仅老洛杉矶人没有，我也没有，所以我仍然行驶在路上，无论是在高峰时段，还是午夜时分。去棕榈泉过一周，在泳池边写作。去约书亚树国家公园看日出。转眼2月将逝，又得回纽约了。我已经完成了一份手稿，并希望有朝一日能把它变成一部小说。同时，我也有一个困惑：这里真的适合我吗？

在这间客房里，每天早晨我一醒来就得先面对东海岸多出的三个小时的邮件轰炸。这按我在纽约时的脾气简直要犯心脏病了，不是吗？但这里不一样。我可以确信地说，几千千米的距离的确将我同紧急事件隔离开了。那些改稿的疯狂以及“要么做，要么死”的截止日期，在这里似乎不再是一种压迫，而更像是某种建议了。

毫无疑问，现今某些西海岸的人会挥舞着手臂对此表示反对。“洛杉矶的生活节奏也很快，老兄。”他们可能如是说。那好吧，一切都是相对的——有些人可能会觉得这里的节奏一点儿都不轻松。也许是因为你来自萨克拉门托或索萨利托，抑或季节变化不明显让你完全没什么感觉。或许你只有听到一丁点儿关于马里布人的生活方式，才会两眼放光，永远跟斯皮考利（Spicoli）似的——因为他每天醒来唯一要考虑的事情就是：去冲浪还是去喝点儿果汁？还有可能，我只是说可能，405高速公路会让你变成个疯子。

但是我还没告诉你，我的老朋友在银湖的咖啡店外是怎么说的。这位从纽约搬到洛杉矶，说自己迫不及待地想回东岸，在路上缓慢移动，重新感受狂躁的朋友，在我问“这个地方能别总像个度假区似的吗”时，笑着摇了摇头答道“不可能”。■

马尔蒙庄园酒店

好莱坞的旧时光彩

CHATEAU MARMONT

OLD HOLLYWOOD GLAMOUR

文字：*Sean Hotchkiss* 摄影：*Justin Chung*

“你最喜欢的作家是谁？”坐在旁边凳子上的年轻女人问我。她递给我一碗冷薯条，然后把吸管插进刚才还是内格罗尼酒，如今却是融化了的粉色冰块饮料里。我们身处于清脆的钢琴声中。

“啊，我不确定。最近应该是丹尼斯·约翰逊（Denis Johnson）吧。”我告诉她。她的眼睛瞬间明亮起来。“这不可能！”她宣布，然后背诵了约翰逊小说集《耶稣之子》（*Jesus' Son*）中《贝弗利家》（*Beverly Home*）的最后一节。“都是些怪人，”她说，“……我从不知道，也从未有过哪怕一丝奢望，有留给我们这种人的地方。”

留给我们这种人的地方。约翰逊曾提到过一所安置老年人和精神病人的医院，但他其实本该谈谈我们现在身处的地方——马尔蒙庄园，一个鼓励隐藏自我的酒店。在这里，你可以抛下不堪回首的往事，给自己重造一段记忆；在这里，引一段丹尼斯·约翰逊颓废而神秘的句子再合适不过了。毕竟，这座酒店本身也是个充满故事的地方。当然，也是个声色犬马之地。我不想拿你已听过很多遍的陈词滥调来烦你，比如丹尼斯·霍普（Dennis Hopper）的纵欲过度，约翰·贝鲁西（John Belushi）的吸毒过量，林赛·罗韩（Lindsay Lohan）的账单和赫尔穆特·牛顿（Helmut Newton）的车祸，或者吉姆·莫里森（Jim Morrison）想飞的尝试。无论是否有名，每一个有点儿想法的人，似乎都在这里留下过一段故事。而这就是关键所在。马特·特劳尔（Matt Tyrnauer）导演曾将马尔蒙庄园形容为“……一家提供优质床单的钟点房汽车旅馆”。有的时候，它也被称为“山上的城堡”，让我疑惑不解的是，到底是鸡生蛋还是蛋生鸡，即到底是因为那些龌龊事就是不约而同地发生在这里，还是说一些人知道这里之前有过黑历史，便觉得自己也有义务添油加醋一番。无论是哪种，这里的确有种无法否认的力量。借用亚特兰大的节奏（Atlanta Rhythm Section，美国乐队）的一句歌词：阀门里有巫术（there is Voodoo in the valves）。

第二天日出时分我就起床了。半梦半醒。在宽敞的44号房间的浴室里，我打开了浴缸上方的大钢骨窗，然后一边淋浴一边俯视东边的日落大道。事实上，我离窗户非常近，在往头上涂洗发水的时候，我的左肘都伸到外面去了。热水愉快地打在窗台上，又

▶▶▶

CHATEAU·MARMONT

◀◀◀

落到地面的石阶上。滴答，滴答。天还没全亮，空气很凉爽。之后，路上经过的涓涓车流会变成滔滔洪水，微风吹起，洛杉矶的太阳开始闪耀光芒。但此刻，它还安静地蜷伏在山丘之间。此刻，我仿佛身在古堡。

昨夜去酒吧之前已是黄昏，我在越来越暗的光线下走了很久。夜色温柔而满怀希望。我从弯曲的鹅卵石小径走了上去，经过停车场，穿过地毯覆盖着的迷宫似的楼梯，进入了酒店大厅。一盘红艳艳的苹果在暗淡的灯光下欢迎着我。尽管一些酒店对“客人”这个概念抱着随随便便的态度，但马尔蒙酒店却对此十分重视。这栋从前的公寓楼带有一种破旧的感觉，就好像一个喜欢天鹅绒，听Lou Reed B-sides的嬉皮士叔叔的减震垫。这里的东西有点儿破破烂烂的，棕色地毯上有些污点，一定是从前举行派对时染上的，但仍然毫无疑问地带有旧时好莱坞的光彩。安德烈·巴拉斯（André Balazs）在20世纪80年代买下了这幢建筑，并在翻修的过程中保留了这里独特的魅力。你用鼻子嗅一嗅就能闻到很久以前遗留下来的烟草味；眯着眼睛找一找，你会发誓自己一定看到了很久之前有人吸过的毒品，就在化妆室的镜子上。正是这种三教九流的混杂，欧洲茶室沙龙和贫民区的交织，才是此地存在的根基。我的一个作家朋友曾经告诉我，每次去这家酒店之前，他都会在日落大道街角处卖酒的老店里先上个厕所。他会拿在那里买到的法国香槟就着In-N-Out汉堡和薯条吃，体验高端和低端的错落有致。

这个衰落已久的颓废标志仍然管用。人们并不只是住在这里。他们也在这里露营，活动活动身体。来马尔蒙酒店暂住是一小部分好莱坞人的梦想。常客们会预定他们最喜欢的房间，到这里来约会，敲定生意，在泳池边打乒乓球，去大厅弹钢琴，在私人订制的信笺上记笔记。还有人常年住在酒店里吗？呃，或许没有了吧。但他们会住在马尔蒙，就像史蒂芬·多尔夫（Stephen Dorff）在索菲亚·科波拉（Sofia Coppola）的电影《在某处》（*Somewhere*，洛杉矶必看影片之一）里饰演的约翰尼·马可。现实生活中也是如此。比如2015年我最喜欢的音乐专辑——埃米尔·海尼（Emile Haynie）的《我们降落》（*We Fall*）也是在这里制作完成的。那时，海尼刚结束了一场残酷的恋爱，住在马尔蒙的独立小屋里疗伤；一些音乐人，如弗洛伦斯·韦尔奇（Florence Welch）和约翰·米斯蒂神父（Father John Misty），碰巧来LA演出，暂住或聚会，他们会在这家酒店短暂停留一阵子，录制唱片。

马尔蒙酒店的面目多种多样。造访此地的商人们会一大早就窝在酒店大厅的角落里，吃鸡蛋喝意式浓缩咖啡；一对来自欧洲的老夫妇在低声说话，他们随身携带着大堆的行李。然后，对了，还有演员、作家、模特、导演、摇滚乐队，以及年轻的好莱坞新秀，他们都来到了这里。这里是我的马尔蒙，也是你的马尔蒙。所有这些怪人们。陌生人如同小船一般源源不断地途经此地。而不管你来这里做什么，不管你何时到达或离开，也不管你是待上一晚或一个月，你只是这个故事的一个小小片段，一首经典曲目上的一点点即兴表演。这首歌曲播放得太久，声音也太大，凹槽似乎已承受不起指针的重量，开始嘶嘶作响。■

官网：CHATEAUMARMONT.COM

The Row

一种随心所欲的优雅

THE ROW

AN EASY ELEGANCE

文字：*Sean Hotchkiss*　摄影：*Rich Stapleton*

THE ROW

Jean Royère

这是洛杉矶一个炎热得近乎反常的5月。下车后去梅尔罗斯广场8440号走了两个街口，我就快热化了。我想立即去游泳。幸运的是，玛丽凯特和阿什利的楼里有一个泳池。

穿过三人高的玻璃门，一进到The Row于两年前开放的旗舰店里，我抓住见到的第一个衣着端庄的店员开口便问："可以吗？"她笑着指了指泳池边一篮蓬松的浴巾，挑衅地说："去吧！"

但我突然犹豫了。我刚从纽约飞过来，我告诉自己，我皮肤是那种白花花的肤色，并且除此之外，正在打折区专心选购美丽物品的那两位中年夫人，便会有意无意地看到我在院子里扑腾，就像马提尼酒里的一只苍蝇。所以我决定还是先在这里逛逛，让空调来发挥它的魔力。

在零售业如此萧条的今天，遇到一家有感觉的商店令我实在是太兴奋了。The Row做到了。让这片空旷、带中性色彩的建筑空间变得优雅的，不仅是泳池、玻璃幕墙或旋转摆放的20世纪中叶圣杯，而是一种想象力。The Row的洛杉矶之梦是如何艰难地实现的，也许没有人比这两个女孩儿知道得更清楚了。

"我们想要创造一个既能反映某种生活方式，又让人有家的感觉的空间。"阿什利·奥尔森（Ashley Olsen）近乎平淡地说道。这个地方原来属于尼尔·戴蒙德（Neil Diamond）所有。后来萨莉·赫什伯格在这里开过一家发廊，那时候奥尔森姐妹还是小女孩儿，她们常在这家发廊剪头发。我曾在距此不远处的一家商店里看中了一只科涅克麂皮手袋，它散发着完美无瑕的光芒，璀璨得令人睁不开眼睛。"当我们发现这里在出售时，"玛丽凯特说，"我们觉得必须买下它，因为它已经是我们的故事、我们成长的一部分。"

奢侈品也是奥尔森姐妹成长的一部分。她们从在襁褓里开始就一直用着最好的东西，但大部分时候她们并不张扬。她们在这家店铺开张之前筹备了8年，因为必须保证不出分毫差错。近来，许多其他品牌纷纷采用70年代或90年代末夸张的图案和招摇的色彩，仿佛争先恐后地要衣不惊人死不休似的，与此相反，奥尔森姐妹的品牌却似乎满足于一种克制、优雅的风格。一件海军蓝的风衣和奶油色的连衣裙挂在一起，并不粗心大意，而是随心所欲。店里的每一件衣服都可以互相搭配，换着穿，让你就算是在黑暗中也不会穿错衣服，虽然这家店铺充满了加州明媚的阳光。

"我们总是在说奢侈，或者至少是我们所认为的奢侈，是让女性生活得更轻松。"玛丽凯特说。轻松，是的，但昂贵。The Row的衣服从来不便宜。但正如保罗·麦柯布（Paul Mccobb）的编织皮椅是永不过时的（当然也很昂贵），那些小牛皮制作的不带商标的靴子，你可以一直穿着它们从今天到明年秋天，从纽约到东京，从25岁到55岁，甚至更远。是的，可以很公允地说，奥尔森的产品是不为世间所动的，它们经过了一系列精确的流程和工序，几乎没有任何风险。当然，除了你的信用卡可能会透支以外。

"还有什么我能帮你的吗？"这位衣着得体、快乐又优雅的女人回来了。我摇了摇头，没有了。闲逛了差不多30分钟，仔细观察了每一件物品的每一个细节，并且在房间里来回走了两遍，我发现现在已经是四遍或者五遍了，太多了。摩洛哥小地毯、复古百达翡丽腕表和手工铺设的大理石地板都让我流连忘返。身处壁炉和专门为午饭后小憩用的完美的沙发床中间，我感到非常自在。我身在奥尔森的世界，而她们的世界实在是太美妙了。"那很好。我们就要打烊了，很感谢你的光临。"在这家商店，在奥尔森王国，你几乎想做什么都行，可以拥有一切，甚至可以游泳，然而你却不能留下来。

官网：THEROW.COM

"我们想要创造一个既能反映某种生活方式，又让人有家的感觉的空间。"

阿什利·奥尔森

奥 哈 伊

诺 德 霍 夫 的 小 镇

OJAI

THE VILLAGE OF NORDHOFF

文字：*Mickey Stanley*　摄影：*Finn Beales*

查尔斯·诺德霍夫（Charles Nordhoff）是一名出生于德国的记者，他一手打造了加州的奥哈伊神话，自己却从未去过那里。他1873年出版的图书《加利福尼亚：为健康、快乐和居住而生》（*California: For Health, Pleasure, and Residence*）一经发行便畅销全球，尤其在旅行者中反响热烈。书中，彼时住在纽约的诺德霍夫赞美了这座黄金之州不可思议的好天气，但并未特别提及奥哈伊，因为他还没去过那个山谷。接着，他声称南加州的空气能够使人精力充沛，恢复健康。“据我所知，那些身体虚弱、不惯骑马的女人，每天在这里骑上5到10英里，几周的锻炼之后就不会有四肢疼痛或者其他哪里不舒服的情况。”他写道。这本书出版一年之后，洛杉矶东北方距其一个半小时车程的小镇正式被命名为“诺德霍夫”。1921年，它又更名为“奥哈伊”。至此，《加利福尼亚：为健康、快乐和居住而生》所流露出的观念已经写进了小镇的DNA里，也深深影响着全世界人们对它的看法。

20世纪60年代末，加州正处于新纪元运动（New Age movement）的阵痛之中，这座山谷的居民结构也发生了改变。奥哈伊一时间充斥着长发、背心裙、串珠、水晶商店以及禅修中心，它们中的许多一直留存至今。这些新来的居民发现奥哈伊能让他们摆脱日常生活的无聊。1971年，著名的禅修山（Meditation Mount）创立了。这座花园别墅及指引精神的灯塔坐落在一条蜿蜒的道路上方，这里配备了团体禅修的场地，并且提供了观赏迷人的山谷风景的极佳视角。

2004年我去南加州大学读书的时候，曾追寻过纽约人查尔斯·诺德霍夫所描述的西海岸的“乐趣与好处”。我留了长发，整天听The Band（一个加拿大乐团）。那时候我觉得自己已经完全准备好去加州冒险，体验嬉皮士的生活方式。然而6个月后我胖了约30斤，变成了一个足不出户的人，打游戏，频繁造访麦当劳开车专用点单通道，并极力避免去奥哈伊这样的地方，因为那会暴露我敌视自然的偏见。

在奥哈伊镇建立近150年后的今天，人们仍然把它视为南加州的一颗明珠——一个绝对不能错过的好地方（无论是去看风景还是去疗养）。今年5月，我终于放下了心中的成见，到小镇去了一趟。一路上我们经过了诺德霍夫高中，流浪者队（the Rangers）的

▶▶▶

主场，在山谷盆地里疾行，周遭被托帕托帕山脉（Topatopa Mountains）环绕。我惊叹于小镇明信片般奇异古怪的美式风光，决心正面迎击奥哈伊，为我逝去的大学时代的天真扳回一局。我们打算先去奥哈伊山谷温泉酒店（Ojai Valley Inn & Spa），然后到山间徒步，再去拜访禅修山，在那里我们可以欣赏粉红时刻（Pink Moment）的美景——在太阳沉入山峦之间时，整个山谷都会弥漫着一片美丽的玫瑰色暮霭。

酒店的一名工作人员建议我们去试试谢尔弗徒步道（Shelf Road Trail），我们欣然应允了。她还告诉我们观赏粉红时刻的最佳地理位置是酒店门口的停车场。在这条山脚下1 000多米长、一直往北延伸的弯曲小道上，小镇及其7 500位左右的居民的生活情景一览无余。奥哈伊镇的布局呈网格状，独立的家庭别墅、西班牙式土砖度假屋以及橘子园都整齐地排列其中。园里的果实看上去色泽鲜艳，形态饱满且滋味鲜美。这种巴伦西亚橘子树很多都栽在道路两边，徒步的人可以一边走路一边顺手摘橘子吃（路边的橘子皮可以证明）。谢尔弗徒步道就在山路四分之一的地方，这里给人一种身处于巨型陨石坑的感觉，脚下的小镇仿佛是从20世纪50年代美国电视剧里走出来的一样。这里的植物大部分是点缀着加州鼠尾草、蓝色接骨木和艾蒿的灌木丛。道路两旁都是牛油果树，我们徒步的前30分钟里，手上都拿着个牛油果玩来玩去，仿佛几个可笑的中学生似的。我们在这条风景如画的道路上流连忘返，被阳光照得暖洋洋的，忘记了时间，以至于后来我们不得不流着汗喘着气一路小跑着回到了车里。但即便这样，我们恐怕也赶不上粉红时刻的景色了。

我们加速穿过了市中心的十字路口以及通往山脚的单行道的弯曲的转向线，同时还在租来的SUV里大声放着坎耶·韦斯特（Kanye West）的歌曲，最后终于抵达禅修山。这绝不是诺德霍夫当初设想的情形。在入口处，一对夫妻从他们的掀背奔驰后车厢里取出白酒扔给了我们。那是个让我们难以忘怀的星期二，禅修山并不开放。我们这群怀疑论者，邀请那对夫妇加入我们，一起穿过写着“关门”的标志牌，走在精神净化的路上（或者至少看了场动人心魄的日落）。

没走几分钟，一位动作敏捷、穿着扎染连衣裙的银发女人——自由恋爱的一代（Free Love Generation）——出现在我们面前。她住在山上，看到我们急匆匆地拍照，便一再礼貌地让我们离开，但我们没有理会。我们祈祷她作为一个宇宙灵魂法则的信徒能拥有一副好心肠，不会强行把我们赶走。我们一群人游览了精心打理的国际和平花园（International Garden of Peace），那里开满了鲜花，也点缀着许多石头，石头上还刻着让人自强的句子和神圣生活的要义。在这位固执的喋喋不休抱怨着的女士的陪伴下，我们穿过一块空地到达了观赏点。这时，她要求那对夫妇停止在这座神圣的花园里饮酒，作为回应，后者干脆将剩下的酒一饮而尽。随后，藏匿在托帕托帕山脉西峰后面的太阳闪现的最后一缕亮光以及山下的风景，变成了深浅各异的粉红。那是一个宁静而美丽的时刻。喝完了一整瓶霞多丽酒的爱侣在我们身后拥抱。最后，我们清醒而平静地打道回府。当我们同朋友以及山顶的那位居民分别时，她告诉我们，刚才看到的美景叫作“日落”，要观赏粉红时刻只有在禅修山的另一边，或者是我们之前听到的奥哈伊山谷温泉酒店的停车场。■

III

逃离

哈尔斯塔特

上奥地利州的湖畔小镇

HALLSTATT

LAKESIDE VILLAGE IN UPPER AUSTRIA

文字：*Ruth Ainsworth*　摄影：*Rich Stapleton*

哈尔斯塔特湖在奥地利东阿尔卑斯山区的达赫斯坦山的原始景观之中。这片光滑的湖水周围是巨石和松林密布的陡峭山峦，同名的小镇依湖而建，十分紧凑，一些色彩鲜艳的房子甚至爬上了岩山。除了野生的自然环境和险要的地势，哈尔斯塔特也因其纯粹的美景和丰富的历史文化成为众所周知的世外桃源。冬天的时候，屋顶和山峦上点缀着皑皑白雪，湖面仿佛是一片蓝灰色的阴影；到了夏天，阳光照亮了密林深处，浓郁的翠林熠熠生辉。

对于那些想要用语言或胶卷捕捉美景的人而言，倒映在镜子般的湖面上的小镇如画中仙境，自然是旅途中不可或缺的一部分。这不但让人联想起无处不售卖的小镇风景明信片，还让我们想起一个真实事件。2012年中国惠州的一处耗资9.6亿美元的房地产开发项目，似乎就是要复制这座奥地利小镇。中国人对这座小镇的致敬略带讽刺意味地证明了哈尔斯塔特的影响力。

这座欧洲最上镜的小镇的诞生其实得益于这里的工业制造："Hallstatt"的含义就是"盐堆"，小镇发迹于古代的制盐业和采矿业，距今已有2 500多年的历史了。欧洲的盐业贸易利润相当丰厚，萨尔茨堡的大主教利用从中得来的财富修建了众多豪华宫殿。1997年，哈尔斯塔特-达赫斯坦/萨尔茨卡默古特地区被联合国教科文组织列为世界文化遗产，以表彰它独特的自然美景、重要的历史意义，以及此地对其采盐及相关工业所做出的典范性的保护工作。

1750年，哈尔斯塔特曾发生过一场大火，许多木头房子都在这场火灾中被烧毁。在其后的重建工作中，房屋的外观采用了当时人青睐的柔和色调，给小镇美丽的巷子带来了令人心怡的色彩。虽然哈尔斯塔特的美景被保护得很好，但这并不意味着它不愿接受新生事物。在陡峭的山峦脚下，天鹅的存在似乎完美地呼应了雄伟的景致。据说，它们直到19世纪才被每年夏天来此地消暑的茜茜皇后（Empress Sisi）所引进。这种优雅的鸟是某种非正式的家庭象征。茜茜皇后的表弟——巴伐利亚"疯狂的"路德维希国王偶尔也被叫作"天鹅王"（Swan King）。传闻在他的城堡里，从窗帘到喷泉，从餐具到做布丁的模具，所有可以想象到的物件都采用了天鹅的装饰。

几百年来，制盐业改变了人们来往穿梭、体验这片地域的方式。奥地利名声在外的最美的徒步道路之一——盐水管道路线（Brine Pipeline Trail），便是一个绝佳的范例。过去，盐水从哈尔斯塔特运往附近埃本塞的一家盐厂。从1607年开始，木管道便承担了这份工作，管道微微倾斜，让盐水向下流到目的地。今天，索道将乘客们送往山间，而作为呼应似的，徒步者们可以毫不费力地顺着管道路线一路向下，返回湖畔。■

南极洲

最后的大荒原

文字：*Robert Swan*　摄影：*Ben Cullen Williams*

“无论你能做什么，或梦想自己能做什么，都着手开始吧。
勇敢就是天赋、力量和魔法的代名词。现在就马上开始。”

歌德

我们生活在全然的黑暗之中——长达数月的黑夜——在世界尽头的一间小屋里，等待着第一次日出。那是30年前的事情了，我们在为人类历史上最漫长的独立征途做准备，目的地是南极。我们的脚下是全世界90%的冰川，70%的淡水。危险无处不在，冰缝就在某处隐藏着。空气如此寒冷，裹在衣服里的汗水和眼中的液体都结冰了。1 600千米的跋涉给了我们充足的时间好好了解这块无比美丽、冷峻又可怕至极的大陆，日复一日。然后，黑暗换成了白光。一张看似无穷无尽、令人目眩的白色雪毯在我们面前铺开。我们站在和美国领土一般大小的土地上，希望找到南极站。没有无线通信设备，也没有后援。

21世纪的今天，冰盖正在融化，地球上最后一片原始荒原也在发生变化。我们应该听听它们在对我们说什么。西部冰架的大片区域正在断裂，发出隆隆的轰鸣，它们的范围相当于一些小国的领土面积。这些巨型冰山浮入海洋，既带有一种强烈的宁静的美感，同时又提醒着我们那可怕的毁灭性力量。那是地球上神圣而令人敬畏的南极大陆的力量，弗雷德里西（Friedrich）油画里的场景终究变成了现实。

除此以外，南极洲仍是一片充满希望的土地。1991年，《南极协议》（*The Antarctic Agreement*，正式名称为“关于环境保护的南极条约议定书”）正式签署。这一有效期长达50年的协议禁止任何人对这片大陆进行任何形式的开发，且该协议在2041年之前不得更改、变动或废止。保护南极和整个世界的命运息息相关。一旦冰盖融化，可以预见的是在未来100年内海平面将上升1米。如今，那次远征已过去30年了。我们的国际探险项目为年轻的科学家、领导者、教育工作者和艺术家一睹南极奇特、神秘和惊人的真容提供支持，这也有助于我们对这片大陆进行保护。

在南极半岛，季节的转变体现在日出和日落的规律之中。极光非常特别且极其易变。刚才还是晴天，可能一刻钟后，冰雪风暴便会将你吞噬，整个情景仿佛世界末日一般。有时候，你早晨醒来看到地平线上有一道熊熊燃烧的红光，完美地投映在寂静的小岛和海湾表面上。有时候，迷雾仍未散去，阳光透过白色的云毯散发出某种白光，让大地和天空好像融为了一体似的。有些日子，一切都非常纯净而清晰，让人有一种不真实的感觉。或许当我们变得越来越适应这个“发达”而充满污染的世界时，我们就越来越难有机会去体验我们生存的这个神奇星球的精髓。南极一直在提醒我们曾经的家园是什么样子。南极是最后的大荒原。■